JUST DANCE®

L'autrice

Dina, alias TheFairyDina, est YouTubeuse, e-sportive, animatrice… et bien plus encore ! Triple championne de France de *Just Dance*, elle a remporté la médaille d'argent durant l'ESWC en 2015, devenant alors vice-championne du monde. Passionnée de *Just Dance*, elle fait danser les gens dans toute la France et l'Europe dans des conventions et des événements dédiés à la pop culture. Gameuse dans l'âme, quand elle ne performe pas sur *Just Dance*, elle s'essaie à d'autres jeux ou même d'autres défis comme par exemple, pour *Fortnite* en octobre 2018 le Guinness World Record du plus grand nombre de personnes réalisant une chorégraphie d'*emotes*. Aujourd'hui, en plus de faire des lives sur ses chaînes Twitch et YouTube, elle travaille comme animatrice pour LeStream.fr, l'une des plus grosses Web TV de France.

- YouTube (chaîne principale) : https://youtube.com/thefairydina
- YouTube (chaîne « Best-of ») : https://youtube.com/thefairydinatv
- Instagram : https://instagram.com/thefairydina
- TikTok : https://www.tiktok.com/@thefairydina
- Twitch : http://www.twitch.tv/thefairydina/
- Twitter : https://www.twitter.com/thefairydina
- Facebook : https://www.facebook.com/TheFairyDinaDance

DINA

JUST DANCE®

AU-DELÀ DE MES RÊVES

En collaboration avec Stella Delmas

POCKET JEUNESSE
PKJ·

Contribution : Vanessa Canavesi

Loi n° 49956 du 16 juillet 1949 sur les publications
destinées à la jeunesse : octobre 2021

ISBN : 978-2-266-31480-0
Dépôt légal : octobre 2021

Just Dance est un jeu vidéo dans lequel le joueur doit reproduire la chorégraphie présentée sur l'écran par un coach danseur, comme si ce dernier était son reflet dans un miroir. Les mouvements du joueur sont captés et notés grâce à un accessoire qui varie selon la console de jeu utilisée. À la fin de chaque chanson, le joueur obtient un score et un nombre d'étoiles qui évaluent sa performance.

La franchise *Just Dance* est développée et éditée depuis plus de dix ans par Ubisoft. Chaque année, une nouvelle version du jeu sort, comprenant une quarantaine de nouvelles musiques aux styles variés.

Pour t'accompagner dans ta lecture, flashe ce QR code avec ton téléphone et découvre cette playlist que j'ai créée spécialement pour ce livre :

Naissance d'une championne

Paris Games Week 2014, un des plus grands salons de jeux vidéo au monde. C'est l'heure de monter sur scène. Enfin ! Je viens tout juste de découvrir l'univers de l'e-sport, mais je suis déjà impatiente de jouer... et de donner le meilleur. Je me sens tellement chanceuse d'être là que je ne pense qu'à danser.

Je ne savais pas à quoi m'attendre quand j'ai décidé de participer aux sélections *online* de la première Just Dance World Cup. J'ai terminé dixième. Génialissime, non ? Pourtant, avec ce score, j'étais hors jeu. Seuls les huit meilleurs étaient sélectionnés. Heureusement, le destin en a décidé autrement : deux personnes se sont désistées, et me voilà. Je me suis mis une pression de dingue pour être à la hauteur de cette seconde chance.

Quand Julien Lopez, l'organisateur de l'ESWC[1], débarque dans les loges et lance : « C'est à vous ! », il met

1. « ESWC » : e-sports World Convention.

fin à une attente interminable. Le premier groupe ouvre la compétition. Il n'y a aucun écran pour suivre la prestation des quatre candidats ; seuls les encouragements et les applaudissements du public donnent le ton. J'ai le temps de me faire mille films. Et dans ces cas-là, on imagine le meilleur comme le pire.

S'il règne une ambiance de camaraderie dans mon propre groupe, l'adversité est palpable. On se jauge, on échange pour se rassurer – on se juge aussi. Je comprends vite qu'on n'est pas là pour se faire des amis. L'avenir démentira cette impression. À ma grande surprise.

Une fois dans les coulisses, les battements de mon cœur s'accélèrent. Le stress monte. Je sais depuis des semaines que je vais être sur scène. Mais comment se préparer aux sensations qui nous envahissent quand on est sur le point de sortir de sa zone de confort ? Le trac dans toute sa splendeur.

Quand Olivier Morin, le présentateur, crie : « Applaudissements pour Loïc et Dina ! », des papillons me vrillent le ventre. Je quitte ma planète pour entrer dans l'univers *Just Dance*, transportée par la musique et la voix de Lady Gaga[1].

La scène me paraît immense, je me sens toute petite. En regardant le public, je saisis l'ampleur de l'enjeu. Les fans sont venus si nombreux ! Je les ai aperçus avant

1. La chanson de Lady Gaga intitulée *Just Dance* annonce l'arrivée des candidats.

la compétition, mais avec les lumières et les caméras braquées sur moi... je vois les choses autrement. Je réalise que je vais être jugée. Je cherche le soutien dans le regard de mes proches. Puis, je ne sais pas ce qui se passe en moi... j'oublie mes craintes et je me lance. Regonflée à bloc.

— Jeunes et bien dans leurs baskets ! lance Olivier. Alors, qu'est-ce que ça fait de se retrouver aux portes de la Coupe du monde, face à un tel public ?

— Ça fait trop plaisir ! Je suis impatient de commencer ! s'exclame Loïc.

— Quel enthousiasme ! Depuis combien de temps travailles-tu les chorégraphies ?

— Un bon moment, répond-il.

Ça ne m'étonne pas. Moi aussi, j'ai bossé dur.

Je le sens stressé, mais surtout déterminé.

— Pareil pour toi, Dina, j'imagine ? Comment te sens-tu à l'idée de débuter cette finale nationale ?

— Super excitée ! J'ai hâte de danser.

— On est sur *Just Dance 2015*. Ça aussi, ça doit vous plaire ?

— J'espère bien, parce que c'est sur celui-là que j'ai bossé ! je lâche avec la plus grande spontanéité.

Ça n'échappe pas au public, qui se met à rire. Si je m'étais préparée pour le show, concernant l'interview, j'ai laissé place à l'impro.

— C'est parti ! Placez-vous sur votre marque. Vous allez danser sur *Addicted to You* d'Avicii.

Cette chanson, je la connais depuis longtemps, mais je l'ai redécouverte avec *Just Dance*. Ses paroles résonnent en moi. Aujourd'hui plus que jamais.

— La pression monte…

À croire qu'Olivier lit dans nos pensées. On est là, plantés comme deux piquets, les yeux rivés sur le grand écran où s'affiche le jeu.

— La Paris Games Week, préparez-vous ! hurle le présentateur pour chauffer le public.

Loïc et moi sommes dans les starting-blocks, prêts à danser dès les premières notes. Pourtant, la chanson lancée, je me sens comme un renard pris dans les phares. Très vite, je réalise que Loïc est un excellent *scorer*[1]. Un vrai concurrent. Une chance, la couronne[2] apparaît de mon côté. Pas longtemps… J'ai à peine le temps de me réjouir qu'il me l'a reprise. Le stress grimpe d'un cran. *Recentre-toi sur la musique, Dina !*

Dans le feu de l'action, je découvre les contraintes de la scène. Je ne suis plus dans mon salon, seule devant ma console ; j'ai un adversaire à mes côtés. Des lumières et des centaines d'yeux braqués sur moi. Si je n'ai pas encore l'aisance souhaitée, j'ai le désir de bien faire. Je suis tellement concentrée sur les pas que je n'entends

1. « *Scorer* » : qui marque des points.

2. « Couronne » : dans le jeu, elle apparaît à côté du joueur qui est en tête. Une seconde couronne, clignotante, peut apparaître à côté d'un adversaire si celui-ci est très proche du premier.

plus qu'un bruit de fond. Impossible de décrocher un sourire au public sans risquer de perdre le fil.

Un coup d'œil au score de Loïc. Il est toujours devant. Pourtant, une seconde couronne clignote de mon côté, signe que tout peut encore basculer. Au deuxième couplet, une petite voix dans ma tête me souffle : *Rappelle-toi qu'il n'y a pas que la console ! Il y a aussi l'appréciation du jury : kiffe un peu, et ils vont kiffer aussi !* Déclic. J'oublie le score pour profiter de ma danse. Je me mets à chanter en play-back. Envolé, le cercle vicieux de mes pensées négatives. Je m'embrouille sur un pas et je manque un coude – peu importe ! Je suis plus détendue.

— Le score est très élevé, note Olivier.

À ce moment-là, je risque le tout pour le tout, du sommet du crâne jusqu'à la pointe des pieds ! La fin du morceau approche et Loïc est toujours premier. Je garde la tête haute.

— Quel niveau de dingue ! s'exclame le présentateur.

Dernières notes, derniers pas… Loïc remporte le point du score de la console. L'autre point de ce duel sera attribué par le jury sur des critères comme l'interprétation, la technique, le style…

Échanges de regards avec Loïc. « GG[1], bien joué. » C'était serré : à peine deux cents points nous séparent. Loïc a *scoré* 12 872, moi, 12 678.

Je stresse à mort. Si je suis habituée à être jugée par une machine, c'est la première fois que je vais

1. « GG » : « *good game* » (en anglais).

être exposée au verdict d'un jury en chair et en os. Le suspense est à son comble. Je suis en mode « planquée dans mes petits souliers ». Le jury a un gros pouvoir sur le destin de chacun des joueurs. De son vote dépend la suite de mon aventure. Même si, au fond, je suis prête à accepter d'avoir perdu mon premier match.

— Ça, c'est de l'engagement ! Les mouvements de bras, les pointes de pieds tendues… tout était là, commente Olivier en me regardant.

Il donne la parole aux membres du jury, qui vont s'exprimer à tour de rôle.

— Vous étiez tous les deux au taquet, c'est vraiment cool, commence Damien Pousse, le directeur des chorégraphies de *Just Dance*.

Ses mots tournent dans ma tête. Très bien, mais pour qui il va voter ?

— Difficile de choisir, pas vrai ? souligne Olivier.

— Hmm, en effet…

Allez !!! S'il continue à hésiter, je vais finir par me sentir mal. Les secondes s'écoulent comme des heures et mon cœur s'emballe. *Tu vas dire qui a gagné, oui ou non ?*

— J'avoue, parce que c'est une longue chorégraphie qui n'avantage pas forcément, que j'irais plus vers Loïc pour cette première chanson.

La déception ! Je me ressaisis et me console en me disant que si Damien vote pour Loïc, c'est parce que mon concurrent a été bon. Que c'est juste.

— Kayane[1], quel est ton sentiment ? Qui a enflammé la scène ?

— Ils ont super bien dansé tous les deux. Avant même que la chanson commence, ils étaient sur la pose[2]. On a compris qu'ils connaissaient tous les deux la chorégraphie et que ça allait être chaud ! Mais, perso, je vote pour la demoiselle. Tout de suite, elle avait le sourire, la joie de danser, de vivre. J'ai beaucoup aimé la confiance qu'elle dégageait.

Son compliment me touche. Rien ne peut me faire plus plaisir. Qu'elle ait ressenti quelque chose en me regardant danser signifie beaucoup pour moi. Je la remercie trois fois, la main sur le cœur.

À ce stade de la compétition, nous avons chacun un vote du jury ; il n'en reste plus qu'un à obtenir. Il sera déterminant.

Pour remporter le titre de champion de France, nous devons affronter les trois candidats de notre groupe, soit trois duels chacun. Chaque match se joue en une seule chanson : en cas d'égalité entre le « point console » et le « point jury », le sort du gagnant se décide à l'applaudimètre[3]… faisant du public le maître du jeu.

---

1. Joueuse professionnelle de jeux vidéo.

2. « Pose » : mains au-dessus de la tête.

3. « Applaudimètre » : appareil utilisé pour mesurer la quantité des applaudissements dans un événement.

Tous mes espoirs reposent maintenant entre les mains de Mouss, le *Community Developer*[1] de *Just Dance*.

Quoi qu'il arrive, même si Mouss attribue sa voix à Loïc, je repartirai le sourire aux lèvres grâce aux mots de Kayane.

Bien sûr, s'il vote pour moi, j'ai encore toutes mes chances ! Quelques secondes plus tard, Olivier lui donne la parole.

— Je voudrais applaudir leur performance, déclare le spécialiste du jeu, parce que je ne m'attendais pas à un tel score : 12 000 !

— C'est dingue ! confirme Olivier, toujours aussi enthousiaste.

— Mais, surtout, j'ai vu de l'interprétation, une vraie personnalisation de la chorégraphie. Si je dois choisir entre les deux, alors ce sera... Dina.

J'explose de joie. *C'est passé, meuf, tu as eu le point jury !*

— Et je survalide la tenue très *Just Dance*, ajoute Mouss à mon intention.

Je jubile. Mes efforts pour dénicher LA tenue parfaite ont été remarqués. Pour moi, gagner, c'était avant tout incarner l'état d'esprit du jeu, de la tête aux pieds. J'ai fignolé le style pour mettre toutes les chances de mon côté. Des étoiles sur mon legging aux baskets bleu électrique assorties à mon top sur lequel est écrit

1. « *Community Developer* » : personne dont le travail est de faire grandir la communauté d'un jeu (en créant des groupes d'ambassadeurs par exemple).

« *Fearless*[1] » : je suis *Just Dance* jusqu'au bout des ongles ! J'ai travaillé mon look et ça a payé.

Si les mots de Kayane ont ravivé mes espoirs, ceux de Mouss enflamment ma confiance. Certes, j'ai remporté une victoire, mais pas encore la bataille. Dans tous les cas, pour moi, c'est déjà énorme.

Olivier nous invite à le rejoindre. Au public de jouer pour faire gagner l'un de nous deux. Je jette un coup d'œil à mes amis venus m'encourager : j'ai besoin d'eux, maintenant plus que jamais. Parmi ce millier de spectateurs, quasiment personne ne me connaît. Et s'il n'y avait aucune réaction à l'évocation de mon nom... ? J'ai peur de me retrouver face au silence.

— Il va falloir départager nos deux candidats. Je compte sur vous pour faire un max de bruit pour celui qui vous a le plus touchés !

Je recommence à me faire des films. Heureusement, Olivier met fin au supplice.

— On va débuter par Loïc. Ceux qui ont aimé sa prestation, faites du bruit !

La foule répond à l'appel avec joie. Cris et applaudissements chahutent nos cœurs de joueurs. Je me dis : *Si ça se trouve, « ça », c'est beaucoup de bruit... le max !* Pourtant, tout le monde n'a pas crié.

Olivier dit maintenant :

1. « *Fearless* » : en anglais, signifie « qui n'a peur de rien ».

— Ceux qui ont aimé la prestation de Dina, faites du bruit !!!

D'abord, il y a un grondement dans le public, puis la foule se déchaîne. Je regarde mon amie Léa : en mode « *warrior* », elle hurle de toutes ses forces. Elle croit en moi. Je prie pour qu'elle ait raison, même si, au fond, je sais qu'elle n'est pas cent pour cent objective.

— Je suis navré, c'est unanime, s'excuse Olivier en s'adressant à Loïc.

Très fair-play, Loïc et moi, on se tape dans les mains.

Je lève les yeux au ciel avec un soupir. Je n'en reviens pas. En me menant vers cette première victoire, le public m'a fait un immense cadeau. Je ressens une bouffée de gratitude envers tous ces gens qui m'ont donné leur voix. Ils m'ont sauvée !

C'est le premier match d'une longue série qui va faire basculer ma vie. Le destin est en marche, mais je ne le sais pas encore…

Loïc et moi quittons la scène en empruntant un passage sur la gauche pour réapparaître sur le côté droit. Je sais que ce n'est pas fini mais, pour la première fois, je me dis que je peux le faire, je PEUX gagner. Il me faut absolument regarder les autres matchs, voir Adrien et David danser, parce qu'ils vont être mes concurrents directs.

À partir de là, tout s'enchaîne très vite. Adrien remporte le deuxième match contre David. Il reste sur scène et Loïc entre pour l'affronter. Cette fois, c'est Loïc le vainqueur. Tout se bouscule dans ma tête : j'ai gagné le premier match, Adrien, le deuxième et Loïc, le troisième. Seul David, mon prochain adversaire, doit encore faire ses preuves. Je trouve qu'il assure. Mais si ça se trouve, il ne *score* pas tant que ça. Cette pensée me rassure.

Je connais plutôt bien la chorégraphie du morceau suivant, au style plus hip-hop. Je vais tout donner ! J'ai certes remporté le premier match, mais j'ai la pression : je dois transformer l'essai pour asseoir ma position dans le classement.

La voix d'Olivier annonçant notre retour me tire de mes scénarios. David et moi faisons une entrée discrète, sans prétention. Nous n'avons pas encore les codes du monde de l'e-sport. Nous découvrons ensemble que le show commence dès l'instant où l'on pose sa basket sur la scène.

— C'est sur *It's My Birthday*, chanson de will.i.am, que vous allez être départagés, nous informe Olivier.

À ces mots, mes potes donnent de la voix : « *Go, go, go*, Dina ! »

Le stress revient… différemment. Cette fois, le trac se mêle à l'excitation. Je sais ce qui m'attend. J'étire la nuque, je resserre ma queue-de-cheval, et c'est parti !

— Je vous rappelle qu'à l'issue de cette journée il y aura un qualifié pour la Coupe du monde qui commence demain.

J'écoute les mots d'Olivier mais, à ce moment-là, je ne m'attends à rien. Je ne me suis pas projetée sur les marches du podium.

Je prends la tête dès les premiers pas. La couronne est de mon côté et ne clignote pas du sien : David a manqué un « *Gold Move*[1] » ! Je souffle. J'ai une avance confortable et, même si je fais une erreur, elle ne me sera pas fatale. Alors, je laisse plus de place aux émotions. Je profite de plus en plus d'être là. Je bouge mon *booty*[2] et je case mes *hair flips*[3]. Le kiff total. Je me sens dans mon élément. Encore un mouvement et c'est terminé !

— C'est Dina qui remporte le point console avec 11 901 points, contre 11 172 pour David ! annonce Olivier.

Ouf ! J'ai fait la moitié du chemin. Je ne regrette pas d'avoir acheté la Xbox exprès pour m'entraîner. J'ai prévu de la renvoyer après la compétition, car je n'ai pas les moyens de me l'offrir – même si elle est déjà rentabilisée.

— Il y a eu du style et des breaks, comme on les appelle. Comment on les départage ? demande Olivier en se tournant vers le jury.

---

1. « *Gold Move* » : mouvement spécial, dit « en or », qui vaut environ quatre fois plus de points que les autres.

2. « *Booty* » : terme anglais pour parler des fesses.

3. « *Hair flip* » : mouvement de cheveux.

— Pour moi, la chorégraphie a été bien reproduite par les deux candidats. Mais pour le petit *flow* très *dance-hall*... c'est Dina ! commente Damien.

Une onde de bien-être m'envahit. Tous les espoirs me sont permis mais, soudain, j'ai un doute. Si Kayane a voté pour moi au premier match, elle va peut-être changer d'avis...

— J'aime beaucoup les deux. C'est très difficile, mais je vais choisir Dina, toujours pour l'énergie qu'elle dégage. Son incroyable joie de vivre, son plaisir de danser... C'est très communicatif et j'ai envie de faire de toi ma professeure de danse, voilà ! précise Kayane en me regardant.

Je n'en reviens pas qu'elle ait dit ça ! Je souris et ris avec le public.

— Est-ce que ça vaut la peine que je parle, maintenant ? s'interroge Mouss après un tel encensement.

— Mais oui, l'encourage Olivier.

— Bravo, Dina : tu as survolé la choré, et ce déhanché... waouh ! Je ne dis pas ça parce que tu es une jolie blonde, c'est vrai ! Sur l'ensemble de la chanson, tu étais là et ton regard suivait le mouvement, tu chantais... Limite, c'était ton show et David était ton *back up dancer*[1] !

Les mots de Mouss me font quitter la Terre. Je vole. Il vient de dire exactement ce que j'ai toujours rêvé d'entendre. J'ai gagné le match, et plus encore : j'ai

1. « *Back up dancer* » : terme anglais qui définit les danseurs qui accompagnent les chanteurs sur scène.

gagné leur cœur. J'ai fait le show et ils ont adoré. Je suis aux anges.

Fin du duel. Je m'éclipse. David reste sur scène pour son dernier match contre Loïc. Il en sort vainqueur.

Dans les coulisses, mon dernier adversaire, Adrien, me lance un : « Ça va se jouer maintenant, c'est pas gagné. » Je suis tellement exaltée par mes deux performances que je ne percute pas ce qu'il dit. En effet, même avec deux victoires à mon actif, si Adrien récolte une deuxième victoire en me battant… il se qualifiera[1] ! C'est lui ou moi.

Mon meilleur ami de l'époque, Morgan, s'approche. Bien sûr, il a participé au choix de ma tenue, qu'il a survalidée à deux cents pour cent. Il me conseille d'enlever mon débardeur pour danser la dernière chanson en legging et brassière. Selon lui, ça envoie un message clair : « J'ai confiance en moi. » « *Fearless* », disait mon top… alors autant en avoir l'air ! J'ai peur, mais il parvient à trouver les mots. Je lui laisse le tee-shirt juste avant de monter sur scène.

— Dina a changé de tenue. Sexy *Just Dance* ! Celui qui remporte ce dernier duel sera qualifié. Autant dire que ce match est capital ! Une place pour la Coupe

1. Pour départager deux candidats ayant obtenu le même nombre de victoires, on regarde le match qu'ils ont disputé tous les deux : le vainqueur de ce match est sacré gagnant.

du monde est en jeu. Ils sont à fond, on envoie ! lance Olivier, qui remarque toujours tout.

Cela ne manque pas de me faire rougir. Mais je suis décidée à assumer.

What Does The Fox Say d'Ylvis est lancé. Je mène le score mais, dès le premier refrain, Adrien, hyper concentré, passe devant. Mince ! Je m'amuse tellement que j'ai commis quelques erreurs. Je dois me concentrer. Petit à petit, mouvement après mouvement, je regagne du terrain... jusqu'à reprendre la tête. Je ne prête même pas attention à mon lacet qui vient de se défaire. J'anticipe déjà la fin de ce passage où je dois faire un *move* complexe. Le moment redouté arrive... et je *score* ! J'ai toujours la couronne ! Après ça, je lâche tout, même mes cheveux. Je donne davantage dans l'interprétation et moins dans le scoring.

— Joliiiiiiiiiii ! Oh là là, le niveau de dingue ! Dina marque ce point du jeu. Reprenons nos esprits : il y a une qualification pour la Coupe du monde en jeu... Votre vote est très important ! rappelle Olivier en se tournant vers le jury.

Je suis vraiment contente de ma prestation. Je n'aurais pas pu faire mieux. Peu importe ce qui arrivera après, j'ai déjà remporté cette victoire.

— J'ai vu deux « fox » déchaînés. La fin était mortelle ! s'extasie Olivier.

— On peut dire qu'ils ont joué leur vie. Il y a eu deux versions très personnelles de la choré. C'est plutôt cool. Mais purement sur la danse, je dirais… Dina ! fait Damien.

— Dina a tout donné : elle a retiré son chouchou, elle dansait avec ses cheveux, elle avait enlevé le haut, il ne restait plus que ça, plaisante Kayane en montrant son propre corps. Bon, d'abord, je tiens à dire que ça, ça ne fonctionne pas avec moi. Parce que pour les deux mecs, surtout Mouss, ça a joué… peut-être, nous taquine-t-elle.

La salle s'esclaffe.

— Mais qu'est-ce qui a influencé ton vote à toi ? demande Olivier.

— Elle m'a hypnotisée, répond Kayane.

— Mouss, un avis ?

— Dina. Désolé, Adrien. Et je ne vote pas pour elle pour les raisons que Kayane vient de souligner ! Je trouve qu'elle est la joie de vivre incarnée et qu'on a du mal à décoller nos yeux d'elle, elle est vraiment à fond dedans. Les mouvements sont là, il y a le style… C'est *ça* qu'on appelle le style ! termine Mouss.

Je ne sais plus où me mettre. Jamais je n'aurais pensé recevoir autant de compliments de la part du jury.

— DINA, NOTRE CHAMPIONNE DE CETTE SESSION ! hurle Olivier.

J'ai à peine le temps de comprendre ce qui m'arrive que Loïc et David nous rejoignent sur scène. Olivier me remet mon cadeau, une enceinte audio Bluetooth. Mais ma plus belle récompense, c'est cette victoire.

— On la retrouve demain pour les qualifications de la Coupe du monde... Je compte sur vous pour la suivre et rester avec nous jusqu'à dimanche ! conclut Olivier.

Quand je redescends de scène, mon amie Léa me saute au cou : « Tu vois, je t'avais dit que tu allais réussir ! » Dans ma tête, c'est le flou. Je ne réalise pas encore ce que cela signifie. Me voilà championne de *Just Dance*, mon jeu préféré. Je suis, théoriquement, la meilleure joueuse féminine en France ! Avec Manu Rodriguez, qui s'est qualifié dans le premier groupe, nous sommes en route pour la Coupe du monde.

Lorsque je retourne dans les loges récupérer mes affaires et que je découvre tous les messages sur mon téléphone, je tombe des nues. En plus des mots touchants de mes amis, je reçois ceux de gens que je ne connais pas. Ça me va droit au cœur. Je traverse la zone d'entraînement ivre de bonheur avant d'être accostée par Rémy, qui m'apprend qu'il fait partie de la communauté *Just Dance*. Il y a donc tout un groupe de gens qui partagent la même passion que moi ! Très sympa, il m'invite à participer à leur prochain flashmob dans Paris. C'est grâce à lui que j'entre dans cette communauté.

Tant de choses se sont passées en si peu de temps. Je me sens comme prise dans une essoreuse. C'est le début du programme et je n'en suis qu'à l'étape une. Mais je ne le sais pas encore.

À cette époque, je communique beaucoup sur Facebook. Je tiens à remercier ceux qui m'ont soutenue.

Je reprends mon téléphone et écris ce message sur mon mur :

JE SUIS CHAMPIONNE DE FRANCE *JUST DANCE* !!!!!

MERCII à tous pour vos messages !! Je ne réalise encore pas bien mais je peux vous annoncer deux choses : je rejoue vendredi à 12H pour les qualifs mondiales + je serai dans l'édition de demain du journal *Le Parisien* ! En attendant re-pos ZZZ bisouuuss à tous !

Je quitte la Paris Games Week sur mon petit nuage et me dirige vers l'Oceania Hôtel. Juste histoire de vivre l'expérience jusqu'au bout et de me poser quelques instants avant de rentrer chez moi. Même si j'habite Paris, j'ai moi aussi gagné cinq nuits dans un hôtel quatre étoiles, au même titre que les autres qualifiés. J'en profite pour passer un appel à mes parents, à qui je n'ai pas encore parlé de ma sélection *online*.

— Maman ? Je ne sais pas si tu as vu sur Facebook… j'ai participé à une compétition *Just Dance* et je suis arrivée première de France ! Les championnats du monde commencent demain.

— C'est génial ! Bravo ! réagit ma mère. Quand aura lieu la finale ?

— Samedi.

— Si tu arrives en finale, on sera là avec Papa. Je crois en toi, tu vas donner le meilleur. On croise les doigts et on te dit à samedi !

Je n'en reviens pas. Je n'avais pas imaginé que mes parents seraient si enthousiastes à l'idée de me voir concourir pour une compétition d'e-sport. Savent-ils au moins ce que c'est ? Peu importe. Mes parents vont quitter la Bourgogne et débarquer à la capitale pour me voir. Le savoir me bouleverse, car j'ai un objectif et une détermination à toute épreuve : je veux rendre mes parents fiers. Coûte que coûte.

En une journée, je suis passée du statut de « personne » à celui de championne de France de *Just Dance.*

Flashe ce QR code avec ton téléphone pour découvrir la vidéo de ma prestation contre Loïc sur Addicted to You.

De Mandine à Dina

Dans le tramway qui me ramène chez moi, tête contre la vitre, je croise mon reflet. Elle est loin, la petite fille qui rougissait d'être... elle ! Les souvenirs défilent sur l'écran de mes pensées.

D'aussi loin que je me souvienne, j'étais une fillette timide et gentille. Je n'étais pas asociale, mais je ne faisais jamais le premier pas vers les autres. Je n'avais pas assez confiance en moi pour ça. Dans mon cocon familial, c'était une autre histoire. J'étais à l'aise. J'étais moi, tout simplement. Je me sentais aimée parce que j'étais chérie par mon père, ma mère et mes grands-parents. J'ai eu la chance d'avoir un frère et beaucoup de cousins. Ils étaient de bons compagnons de jeu.

Le Noël de mes quatre ans m'a marquée. J'ai reçu un mange-disque et un micro. Pas besoin de rêver en grand, quand on est petite, on est déjà dedans : on vit ses rêves à l'instant même. Sur le film de cette année-là, on me voit chanter à tue-tête le générique des *Supers Nanas*[1]. Bien sûr, à cet âge, je n'avais pas encore conscience que ces paroles – si on partage un talent qu'on garde pour soi, on se sent plus léger – refléteraient plus tard ce que je ressens aujourd'hui. Je ne l'ai pas chanté une fois, mais quatre fois d'affilée ! C'est dire comme ces mots m'ont parlé… fort !

Contrairement à ce qu'on pourrait croire, à l'inverse de beaucoup de petites filles, je n'ai jamais aspiré à devenir danseuse. Non. Moi, je rêvais d'être chanteuse… ou caissière. J'adorais « biper » ! Je suis de la génération Disney et, comme la Petite Sirène, je rêvais de « voir le monde danser », parce que j'aimais déjà faire le show, dans ma chambre ou pendant les fêtes de famille.

Je dansais, parfois. Je chantais, souvent. Et j'ai toujours eu un modèle pour me montrer la voie. J'ai d'abord été fan d'Hélène. Vous vous souvenez, Hélène… d'*Hélène et les Garçons* : « Hélène, je m'appelle Hélène, je suis une fille comme les autres. » J'avais donné à cette fille qui se disait banale une place spéciale. Elle était la grande sœur que je n'avais pas. Et je chantais avec elle dans ma chambre.

Enfant, j'ai été bercée par la musique. Maman en écoutait tout le temps sur sa chaîne hi-fi. Mon père, lui, préférait la radio. Je me souviens, le samedi matin, il

1. « *Les Supers Nanas* » : dessin animé des années 90.

avait l'habitude de faire le ménage en écoutant *Stop ou encore* sur RTL.

Maman avait une vraie fibre artistique. Elle adorait organiser des spectacles que nous donnions en famille, mon frère, mes cousins et moi. Papa, de son côté, m'encourageait : « Allez, Mandine, chante-nous quelque chose ! » Il devait toujours insister un peu, mais il avait compris que j'avais besoin qu'on me pousse. Et après chaque prestation, il me confiait combien il était fier. L'un comme l'autre, ils m'ont offert la liberté d'être moi. Ils m'ont tous deux inspirée, chacun à leur manière.

Bon vivant, amical, Gilles, mon père, est celui que tout le monde appelle. Il répond toujours présent. Ce que j'ai toujours admiré chez lui, c'est sa passion. Un grand sportif. Mon père est un fou du deux-roues ! Le vélo, « ça le magne », comme dirait ma grand-mère. Pas un jour ne s'écoule sans qu'il ne pédale. Tout dédié qu'il est à sa passion, il n'a pourtant jamais voulu être coureur cycliste professionnel. À la pression du succès, il a préféré le plaisir du loisir. J'admire sa régularité et l'investissement qu'il a, sans relâche.

Petite, j'adorais quand nous allions le voir participer à des courses le dimanche avec les cyclistes de son association. Nous garions la voiture sur le bord de la route et nous le regardions pédaler à chaque tour. Nous nous dépêchions ensuite d'aller l'accueillir sur la ligne d'arrivée pour le sprint final, les yeux pleins d'étoiles et le cœur gonflé de l'espoir de le voir gagner. Nous étions tellement fiers de lui, qu'il gagne ou qu'il perde. Et même quand il finissait tout en sueur !

De mon père j'ai appris à me surpasser, à aller jusqu'au bout en tout. Merci, Papa.

Ma mère, Brigitte, c'est mon tout premier modèle. Ça a toujours été plus facile pour moi d'admirer une femme, même si mon père m'inspirait tout autant. Intelligente et réservée, elle a le cerveau et le cœur. Là où mon père n'hésite pas à dire les choses, brut de décoffrage, ma mère le fait tout en douceur. Attentive, elle sait écouter. Je peux tout lui dire, sans concession et sans tabou. Je sais qu'elle me pardonnera tout. D'elle, j'ai hérité le goût de bien faire et le perfectionnisme. Merci, Maman.

Ils nous aiment tant, mon frère et moi. Quand j'y pense, j'en ai le cœur serré.

Petit, mon frère Damien était un vrai trublion. Cela lui a valu le surnom de « Doudou le casse-cou qui bouffe tout »... Il tient ça de notre père ! C'était mon compagnon de toutes les aventures. On se comprenait sans même se parler. Ensemble, nous avons fait les quatre cents coups. Et surtout le show. Il est encore plus à l'aise que moi ! Aussi sportif que mon père, il a de l'énergie à revendre et est toujours partant pour faire rire l'assemblée : famille comme amis.

Nous quatre, nous sommes liés comme les doigts de la main. Et avec ma grand-mère, mes oncles, tantes et cousins, nous formons une famille unie. Nous pouvons compter les uns sur les autres et ça, ça n'a pas de prix.

J'aime profondément ma famille, nous sommes ouverts d'esprit et bienveillants les uns envers les autres. Et c'est un atout dans la vie lorsque celle-ci nous fait mal.

Selon une des chansons de Britney, il y a dans l'univers uniquement deux types de personnes : les premières observent et les autres divertissent. Et si, aujourd'hui, je peux à mon tour dire que je fais partie de ces femmes qui se donnent en spectacle[1], ado, j'étais plus moquée que populaire. Je ne traînais pas avec les filles qui avaient la cote. Je ne pouvais pas, j'étais beaucoup trop timide et renfermée, et pas plus jolie que les autres. J'étais plus un faire-valoir qu'un leader. Et si mes copines ne figuraient pas non plus dans le top des canons, elles étaient les plus belles à l'intérieur. Pourtant, je les admirais en secret, ces filles à la popularité affichée. Elles se maquillaient et sortaient avec des garçons.

Moi, je ne les intéressais pas. Et même lorsqu'on devait faire des équipes en classe, mes copines et moi étions les dernières choisies. Normal, vous me direz, j'étais nulle en sport et j'avais une confiance en moi proche de zéro. Je faisais partie du cercle des losers… mais c'était confortable. J'y trouvais mon compte : je pouvais vivre dans ma petite bulle, tranquille. J'étais renfermée, oui, mais j'étais bien comme ça.

Avec le temps, j'ai eu quelques bonnes copines que je ne voyais qu'à l'école. Rarement en dehors. Je me sentais

1. Clin d'œil à la chanson *Circus* de Britney Spears.

bien à la maison, je m'évadais dans notre jardin. J'étais d'un tempérament solitaire. Moi et moi-même, on s'entendait bien. Je ne me suis jamais ennuyée toute seule. Je préférais rester en tête à tête avec moi que d'appeler une copine ou, pire, d'aller dormir chez elle. Ça aurait été un trop grand stress pour moi.

Pourtant, en grandissant, j'ai dû sortir de ma zone de confort. Si j'avais jusqu'alors dansé dans les fêtes de famille, ou pour mon seul reflet dans le miroir, j'allais oser m'exprimer devant d'autres. Une de mes amies de lycée, Sonia, organisait régulièrement des soirées pyjama chez elle. C'est avec elle que j'ai sauté le pas pour la première fois.

Quand on se retrouvait toutes les deux, on mettait la musique à fond et on dansait pour le fun. Un soir, elle avait invité d'autres copines et elle m'a gentiment lancé un défi.

— Toi, tu danses bien : danse !

Elle n'a pas eu à insister. Je l'ai fait parce qu'elle me le demandait, mais je n'attendais que ça ! Cela m'a encouragée à oser davantage, et à danser sous un autre regard que le mien et celui de mes proches. Cette année-là, mes copines et moi avions pris option « danse » en cours de sport, et nous devions faire le show devant toute la classe. Pari tenu ! Pari gagné ! On a dansé et une des filles les plus populaires du lycée est venue me dire que je dansais bien. Tellement inattendu.

Ma jeunesse, c'est aussi le moment où je me suis découvert une passion pour les jeux vidéo. Si aujourd'hui *Just Dance* est de loin mon préféré, à l'époque, il n'existait pas encore. Dans les années 80/90, les consoles n'étaient pas ce qu'elles sont de nos jours ! J'adorais déjà les jeux de société, mais les jeux vidéo apportaient une autre dimension. C'est vite devenu notre rendez-vous quotidien avec mon frère. Tout a commencé avec la Nintendo NES et le jeu *Super Mario Bros*. Doudou et moi, on se regardait jouer à tour de rôle. On vivait par procuration la partie de l'autre. C'était à celui qui irait le plus loin chaque jour, car on ne pouvait pas sauvegarder. C'étaient les premiers jeux vidéo.

À force de faire les vide-greniers pour nous dénicher d'autres cartouches[1], de nous voir aussi mordus, Maman s'est prise au jeu. À nous trois, nous étions les Tortues Ninja. Il y en avait quatre mais ce n'était pas trop le truc de Papa. Alors, je faisais Michelangelo le plus souvent, Maman, Donatello et mon frère, Raphaël... Leonardo, on le jouait chacun notre tour. On se relayait en se donnant la manette pour aller le plus loin possible ensemble, puis l'heure de dîner arrivait et c'était *game over*... Le jeu était si dur, hyper punitif, et pourtant tellement challengeant !

1. « Cartouche » : le boîtier contenant le jeu vidéo, qu'il fallait insérer dans la console.

Après, la PlayStation a fait son entrée. Nous étions tellement accros qu'à chaque Noël mon frère et moi ne nous posions même plus la question : c'était une évidence qu'il nous fallait le dernier *Crash Bandicoot*[1] ! On l'attendait avec impatience, et nous y jouions à peine celui-ci déballé. Nous passions nos vacances en mode « full jeu vidéo » du matin au soir, à jouer pour vibrer.

Le jeu vidéo a pris une grande place dans ma vie… car il m'en faisait vivre mille ! J'adorais. Quelle chance que mes parents ne l'aient jamais vu comme un outil qui éloigne les enfants de la réalité au point d'être déconnectés du vrai monde ; parce que, aujourd'hui, cet univers, c'est mon quotidien ! Le jeu m'a appris le sens du partage et de la stratégie dans une ambiance ludique, l'esprit d'équipe, la patience et la persévérance. Mais il m'a aussi aidée à accepter de perdre. Avec le jeu vidéo et ses personnages, j'ai compris qu'on pouvait s'aimer dans nos différences, dans le respect de qui nous sommes.

Quand je ne jouais pas aux jeux vidéo, je passais le plus clair de mon temps dans ma chambre. Je repensais à ces filles débordantes de confiance en elles en me disant que j'aimerais bien être comme ça et, en même temps, je n'y arrivais pas. J'ai compris plus tard que, moins il se passe de choses dans ta vie, plus tu es paralysée à l'idée qu'il s'en passe ! Et pourtant, si je pouvais changer mon passé, je ne modifierais rien. Pourquoi ?

1. « *Crash Bandicoot* » : série de jeux vidéo de plateforme.

Parce que je ne suis pas sûre que me sentir plus confiante adolescente aurait été bénéfique dans ma vie d'aujourd'hui. J'étais heureuse comme ça. J'ai appris, à mon rythme. D'ailleurs, si je pouvais parler à l'ado que j'étais, je lui dirais deux, trois mots. Je lui dirais d'abord de se faire confiance, car l'assurance vient avec le temps, et de croire en son chemin. Je lui répéterais qu'elle est belle et qu'elle vaut la peine, qu'il vaut mieux qu'elle se laisse le temps de grandir et le temps tout court, qu'elle s'écoute, et tant pis si elle n'est pas la plus canon ni la plus populaire, ce qui compte, c'est d'être qui elle est : elle.

Comme toutes les filles de mon âge, je suivais les boys bands et les girls bands à la fin des années 90. Les 2Be3, mais surtout les Spice Girls, qui étaient justement belles chacune à leur manière. Dans leurs différences. Fan de pop music, j'adorais faire le show sur *Wannabe* et d'autres de leurs chansons. Je faisais ma propre mise en scène. Dans ma chambre, chez mes parents, il y avait une armoire à trois portes. Au centre, un grand miroir pour me regarder danser et chanter en play-back. Quand j'avais envie de donner de la voix, j'utilisais la poignée de la fenêtre d'en face en guise de micro. J'ai débuté avec elles, les Spice Girls, mais c'est avec une autre *girl* toute aussi *spicy* que j'ai grandi et que je me suis construite.

Tout a commencé en 1999, j'avais alors treize ans. Tous les mois, j'attendais *Star Club*, mon magazine préféré. Ce jour-là, quand je l'ai ouvert, je suis tombée sur un double poster. On voyait le buste et le sourire d'une chanteuse en vogue dont je ne connaissais pas encore le nom. D'ailleurs, je n'y ai pas vraiment prêté attention, même si j'aimais bien ce que cette fille dégageait. J'ai refermé le magazine. Le samedi suivant, comme chaque semaine, j'ai allumé la télé pour regarder *Hit Machine*, une émission qui présentait les clips des vingt titres les plus vendus de la semaine. J'avais manqué le début, mais j'ai tout de suite accroché avec les premières notes du clip que j'ai entendu. C'était *...Baby One More Time*. Je me suis précipitée devant l'écran. Première fois que je l'écoutais, j'étais scotchée. Je me suis assise et j'ai regardé. J'adorais la mélodie, les pas, la fille. Tout, quoi ! Le titre de la chanson et le nom de l'interprète se sont inscrits à la fin du clip... et BRITNEY SPEARS est entrée dans ma tête.

Un soir, j'ai repris mon *Star Club* et je l'ai ouvert par hasard. Sous mes yeux se trouvaient à nouveau le sourire et le buste... de Britney. Déclic. Quelque chose s'est passé en moi. J'ai détaché le poster et je l'ai accroché au-dessus de mon lit, à côté des affiches des Spice Girls. À partir de ce jour, j'ai suivi les aventures de Britney Spears, qui prenait de plus en plus de place dans *Star Club* et dans ma vie. J'écoutais l'album *...Baby One More Time* en boucle. Elle m'apportait tant de joie ! Elle me faisait rêver.

Je traquais toutes ses interviews, ses apparitions télé, ses clips. Je collectionnais articles et photos dans des classeurs entiers. Je la trouvais trop belle, j'aimais sa personnalité, son style, ses chansons, ses clips. Son univers était le parfait combo. Il y avait tout. Je n'aurais rien changé. Ça claquait, et ça, ça me plaisait.

La passion vous prend et vous « magne ». La passion vous fait frôler le déraisonnable aux yeux des gens qui n'en ont pas. Les passionnés comme moi comprendront que ma passion pour Britney m'a éveillée et m'a ouvert les yeux sur ma propre personnalité. Elle m'a montré comment devenir moi.

Je voulais toujours en savoir plus sur elle, mais la suivre sur les écrans et dans les magazines, ça ne suffisait pas. Il fallait que je rencontre cette fille. Mon idéal à atteindre. Une sœur qui me donnait confiance en moi. Même si on me disait que ça allait être compliqué – voire impossible – de la voir en vrai, ça restait mon plus grand rêve. Inenvisageable de ne pas le réaliser.

Les années lycée ont passé, ma passion pour Britney, elle, est restée.

L'accès à Internet étant arrivé, j'ai organisé une petite enquête sur un forum consacré à Britney Spears pour savoir qui étaient les fans de la chanteuse. Pas un franc succès. Mais ça m'a permis de rencontrer ma meilleure amie, Marine. Elle avait beau habiter à des kilomètres de chez moi, nous passions des heures à nous écrire à propos de notre star préférée, de nos goûts, de nos vies. Pour la petite anecdote, Marine avait un surnom : « Manou ». Moi, le seul que j'avais, c'était celui que m'avait donné ma famille : « Mandine ». Manou l'a trouvé trop long et a vite commencé à m'appeler Dina, comme le petit chat d'*Alice au pays des merveilles*, son Disney préféré. Nous avons pris nos billets pour le concert que Britney donnait à Paris cette année-là. J'avais raté de peu des places pour un de ses concerts quelques années avant… et j'avais tellement eu le seum que je m'étais juré que ça n'arriverait plus !

À l'époque, j'étais en fac de sociologie à Dijon. Un jour, après les cours, sur le chemin du retour, un poster placardé sur un mur a attiré mon attention. Une soirée spéciale Britney Spears était organisée dans une boîte de nuit pour empocher deux places pour un concert à Lyon. Même si j'allais déjà à celui de Paris, il me les fallait ! J'en ai parlé à des copines. D'ordinaire casanière et timide, ce soir-là, je ne me suis pas fait prier. On y est allées. Soirée classique à ce détail près : « On a deux places pour le concert que Britney Spears donnera à Lyon : il va falloir m'enflammer le *dancefloor*[1] pour les gagner ! » hurlait le DJ. Toutes ces heures passées à danser sur Britney dans ma chambre, j'allais les montrer ce soir. J'allais tout donner. J'ai entraîné mes copines sur la piste et j'ai dansé. Dansé. Dansé. Mes inhibitions partaient en fumée à mesure que je mettais le feu sur la piste. J'ai jeté un coup d'œil aux hôtesses et, quand j'ai vu qu'elles me regardaient, je me suis donnée encore plus à fond.

1. « *Dancefloor* » : signifie « piste de danse » en anglais.

Je *voulais* gagner. J'étais au taquet quand, soudain, l'une d'elles s'est approchée de moi, m'a demandé de la suivre dans les coulisses… et m'a glissé les billets dans la main. *Yes !* J'avais réussi !

À partir de ce jour, j'ai compris qu'en me donnant la peine je pouvais décrocher la lune. À cette époque, ma lune à moi s'appelait Britney. J'avais enfin pu voir en vrai, sur scène, celle qui m'avait tant apporté. Hurler son nom. J'en ai pleuré ! Mais si assister à son concert était exceptionnel, ce n'était pas assez. Je voulais la rencontrer en personne.

Cinq ans plus tard, pour sa nouvelle tournée, j'ai dépensé mes économies pour un « *Ringmaster VIP experience package* », qui offrait une place assise juste à côté de la scène, un tour guidé dans les coulisses du show et une rencontre avec les danseurs et musiciens de Britney.

Le soir du concert, dans le hall de Paris-Bercy, je patientais avant la visite des coulisses. À côté de moi, d'autres personnes attendaient. J'ai fini par sympathiser avec un groupe d'Américains qui m'a accostée. Malgré leur accent prononcé, on a réussi à échanger tant bien que mal en anglais, gagnés par la joie d'être là pour Britney. L'une d'entre eux a fini par me demander si j'étais « vraiment » fan de Britney. Plus fan que moi, tu meurs ! Elle m'a dit de l'attendre là. De ne surtout pas bouger et de ne pas faire la visite prévue, qu'elle avait quelque chose de mieux pour moi. Les minutes passaient et, même si j'étais excitée d'être là, j'ai commencé à avoir peur. Est-ce que j'avais bien fait de lui faire confiance ?

Elle est revenue avec une femme qui nous a demandé à moi et à sept autres personnes, de la suivre. Elle nous a alignés face à elle pour nous annoncer : « Vous allez visiter les coulisses et vous allez être filmés pour la télévision américaine ! » À peine le temps de réaliser que nous voilà embarqués. Nous sommes passés devant plusieurs portes avant de nous arrêter devant une loge… Et là, Britney est apparue. Elle nous a regardés, nous a souri et a lancé : « *Hi guys*, j'espère que vous allez apprécier mon show ! » avant de repartir. Je ne savais plus où j'habitais. J'étais la plus heureuse du monde. J'avais eu Britney face à moi, pour de vrai !

Mais ce n'était pas assez. Voir mon artiste préférée sur scène, l'approcher et rencontrer son entourage avait juste ravivé mon envie de lui parler pour de bon. J'étais prête à tout. Je suis devenue de plus en plus active dans la communauté Britney.

Deux ans plus tard, je gagnais ma vie et j'entendais bien dépenser mon salaire comme bon me semblait. Cette année-là, des *Meet and Greet*[1] étaient en vente pour sa nouvelle tournée aux États-Unis. J'étais aux anges ! J'ai vite déchanté en voyant le prix : 1 600 dollars.

---

1. « *Meet and Greet / M&G* » : rencontre avec l'artiste et opportunité pour les fans de repartir avec une photo d'eux avec leur idole.

C'était hors de mes moyens. J'ai encore dû patienter jusqu'à ce que j'apprenne qu'elle allait poursuivre sa tournée en Europe. Quand j'ai découvert le tarif des billets *M&G*, mon sang n'a fait qu'un tour : 550 euros ! Mon copain, lui aussi fan de Britney, n'était pas prêt à mettre cette somme. Moi, si. C'était mon rêve, et ce rêve n'avait pas de prix. Dix ans que je voulais la rencontrer ! Il me fallait cette place, point barre. Je devais néanmoins attendre que les tickets soient en vente.

Un jour férié, un membre de la communauté Britney m'a informée que les *Meet and Greet* du *Femme Fatale Tour* étaient enfin en ligne. J'ai tracé mon meilleur sprint jusqu'à l'ordinateur : seuls trente billets *M&G* étaient disponibles pour chaque date. Il n'y avait que trois concerts en France. Par chance, je suis arrivée à temps. J'étais refaite. TROP heureuse ! Euphorique, j'ai appelé d'autres copines fans… qui ont obtenu leur place elles aussi.

En attendant la rencontre, un jour tout à fait banal, je suis tombée sur un concours. Fun Radio Lorraine faisait gagner des places pour monter sur scène avec Britney sur *I Wanna Go* lors de son passage dans la région. J'avais déjà ma place pour ce concert du 5 octobre à Amnéville mais, là, c'était autre chose ! Je n'en ai parlé à personne. Je me suis dit : *Moins j'ai de concurrence, plus j'ai de chance de gagner !* J'avais un petit peu d'expérience dans les concours radio, pour en avoir remporté un quelques mois plus tôt, qui m'avait permis d'aller voir mon artiste préférée à San Francisco.

Le lundi suivant, il était tard et j'étais encore au travail, guettant le signal sonore pour appeler. Dans ma tête, je me répétais : *Sois dynamique, pas stressée. Montre que tu as envie de gagner !* Le signal sonore a retenti. J'ai téléphoné et... bingo ! J'ai décroché ma place. Folle de joie, j'ai tout de suite appelé Manou pour qu'elle participe à son tour. Elle a joué, elle a réussi. Le rêve : j'allais danser avec mon idole *et* ma meilleure amie ! Dans ma vie de fan, on ne pouvait pas m'offrir plus.

Les concerts approchaient à grands pas. Je ne tenais plus en place. En l'espace de deux jours, j'allais danser avec ma Britney puis la rencontrer. Je devais être parfaite. J'ai commencé à m'intéresser au cosplay[1] pour me fondre dans son univers. J'ai revisionné toutes les vidéos des concerts pour étudier les chorégraphies improvisées sur scène à la fin de *I Wanna Go*. Elles étaient simples. J'ai mémorisé un maximum de combo... et le concert d'Amnéville est arrivé.

Le jour J, nous avons été briefés par les vigiles de sécurité de Britney :

1. Vous ne touchez pas Britney.
2. Vous n'essayez pas de faire de super chorégraphies pour attirer son attention.

1. « Cosplay » : déguisement fabriqué sur mesure par des fans à l'image de leur idole (célébrité, personnage de jeu vidéo, de manga...).

3. Vous ne lui donnez rien.

4. Amusez-vous, mais ne tentez rien de fou… sinon, vous dégagez !

Ça avait le mérite d'être clair ! Le concert a débuté. Manou et moi n'en avons pas vraiment profité, obnubilées par ce qui nous attendait. J'étais en stress total. Comment ne pas se mettre une pression folle ? Cette opportunité ne se représenterait pas. *I Wanna Go* a commencé. Mon groupe de danseurs-fans était prévu sur le deuxième refrain. Le moment de monter sur scène est arrivé. Dans les coulisses côté cour, j'étais placée parmi les dernières. La frustration et la déception m'ont gagnée. J'étais trop loin d'elle… Et soudain, tout s'est accéléré. Il y avait beaucoup de lumières, c'était génial. On dansait, on sautait en rythme avec l'immense public devant nous. On s'est ensuite rapprochées du milieu de la scène et, là, je me suis retrouvée juste à côté de Britney. Incroyable ! L'extase ! J'ai jeté un œil au danseur « officiel » d'à côté. Il exécutait un pas que j'avais appris, donc je l'ai suivi. Magique ! J'étais en train de réaliser la même chorégraphie que Britney sur une scène gigantesque : si un jour on avait dit ça à Mandine !

Le moment de quitter la scène est arrivé. Britney s'est tournée vers nous et, avec son plus beau sourire, nous a remerciés d'être venus. En sortant du concert, je planais. J'avais l'impression d'avoir vécu quelque chose de fou. J'étais au sommet du monde et, à cet instant, je me suis promis de toujours croire en mes rêves et de ne jamais rien lâcher. Mais ce n'était encore que le début.

Le lendemain, direction Paris, direction le Graal. J'attendais ce jour depuis mes quatorze ans. J'allais poser avec elle et lui parler. Elle ! Britney.

Ce matin-là, je me suis levée avec l'impression que j'allais franchir une grande étape de ma vie. Je n'espérais qu'une chose : que ma rencontre se passe bien et que ma photo soit belle. J'en voulais une où on se tenait dans les bras. Ça allait être difficile ! Une fois encore, les consignes étaient strictes :

1. Ne la touchez pas.
2. Ne lui offrez rien.
3. Ne restez pas trop longtemps.
4. Ne pleurez pas devant elle.
5. Soyez raisonnables.
6. Souriez et profitez !

La pression de dingue ! Mais il était l'heure. Jeudi 6 octobre 2011. Mon rêve, maintenant.

Dans le couloir menant à la loge de Britney, son staff nous a fait nous aligner les uns derrière les autres. Dans ces moments, tu espères tout et rien à la fois. Mon cœur est passé par toutes les couleurs. La première fan a pénétré dans la salle. Elle est ressortie plus triste qu'elle était entrée. J'ai paniqué. *Oh non, si ça se trouve, Britney est de mauvaise humeur…* J'ai continué à en observer quelques-uns entrer et sortir puis j'ai arrêté, ça me stressait trop. Je me suis rassurée en me disant : *Ce qui ressortira de ta rencontre, c'est ce que tu vas y mettre.*

Mon tour est arrivé. *Oh, mon Dieu !* C'était le brouillard dans ma tête tellement ce moment était fou. Mon cœur battait à se rompre. Je suis entrée dans la salle et je me suis approchée de Britney. Elle m'a saluée et m'a tendu le programme de la tournée dédicacé. J'ai été fascinée par la beauté de son visage et de son regard. On aurait dit une poupée, parfaite. J'ai commencé :

— Bonjour, Britney, je m'appelle Dina. Je voulais te dire merci pour tout ce que tu as fait pour moi depuis tant d'années.

Elle a eu l'air touchée et m'a remerciée. Alors je me suis lancée et j'ai osé lui demander ce qui me faisait le plus peur. Je savais que c'était interdit, mais c'était mon unique chance :

— Est-ce que nous pouvons nous prendre dans les bras pour la photo ?

— Oui, bien sûr, m'a-t-elle répondu avec ce sourire que j'avais placardé sur le mur de ma chambre.

Quel moment de grâce ! Je me suis avancée, j'ai passé ma main derrière elle, elle a posé sa main dans mon dos et nos visages se sont rapprochés. À ce moment, j'étais au paradis ! La photo était dans la boîte. J'ai osé lui dire :

— Tu es magnifique.

Après l'avoir remerciée, j'ai quitté la pièce. Cette rencontre n'a duré que quelques dizaines de secondes, les plus importantes de ma vie à ce moment-là. Quand je suis sortie, j'ai senti la pression redescendre et j'ai fondu en larmes. J'ai ouvert les vannes et laissé couler l'émotion contenue depuis des années. Si la photo est belle ? Elle est extraordinaire.

Cette rencontre avec Britney est un des moments clefs de ma vie. J'ai compris que si je voulais vraiment quelque chose, il me fallait me battre jusqu'au bout. Les gens s'étaient si souvent moqués de mon rêve, prétendant que c'était impossible... La preuve que non !

Invincible, je me suis sentie pousser des ailes, et je savais qu'elles me porteraient dans les moments difficiles. Accomplir le plus grand de tes souhaits, ça te comble, ça te grandit aussi.

Il y a eu un avant et un après Britney. La jeune femme que j'étais devenue s'ouvrait de plus en plus aux autres et, à force d'échanger avec Morgan, mon meilleur ami de l'époque, j'ai compris que ce que j'aimais, c'était danser. Il m'a encouragée à prendre des cours de hip-hop *new style* de Nathalie Lucas avec lui. J'ai essayé et ça m'a vraiment plu, même si au bout d'un certain temps j'ai fini par décrocher.

Quoi qu'il en soit, dès qu'il s'agissait de faire le show, j'étais de la partie. Ma mère, qui me savait fan de Britney et qui était elle-même passionnée de *country line dance,* m'a proposé de chanter et de danser pour le bal annuel de l'association Cadance, où elle donnait des cours. J'ai tout de suite accepté. J'étais à la fois stressée et excitée par l'idée. Après de nombreuses répétitions, ce soir-là, j'ai présenté un vrai spectacle qui a fait danser les gens !

J'étais toujours un membre très actif de la communauté Britney. Des flashmobs en son honneur ont commencé à s'organiser dans des sites cultes de Paris : sur la place du Trocadéro, sous la tour Eiffel... Dès que je tombais sur une annonce sur Facebook, je n'hésitais pas : *Go !* Et j'emmenais Morgan avec moi.

Je passais beaucoup de temps avec lui. Avec Léa et Manou, tout aussi fans de Britney que nous, nous adorions nous retrouver pour nous entraîner. Nous avions un petit rituel : monter un show de danse des meilleures chorés de Britney pour les soirées « *Ringleader in charge*[1] » organisées par notre ami Joachim. On se regroupait tous les jeudis soir chez Manou pour répéter, et on commandait des nems pour finir la soirée. C'est comme ça qu'est né notre surnom : « les Nems ». Inséparables, nous ne nous quittions plus. J'ai adoré ces moments Nems et ces soirées resteront à tout jamais gravées dans mon cœur.

En 2013, le phénomène zumba venait de débarquer en France et j'ai senti comme un appel. J'en ai parlé aux Nems, mais aucun n'était partant pour me suivre. Pareil pour mes collègues de bureau. C'est à ce moment-là que je me suis sentie lasse et que je me suis dit qu'à force d'attendre après les autres je ne ferais jamais rien. Je jouais déjà à *Just Dance* le soir après le travail, pour me

---

1. « *Ringleader in charge* » : soirées dédiées à la chanteuse.

détendre. La zumba mêlait sport et musique. J'aimais le concept ! Je me suis inscrite à mon premier cours. J'étais tellement motivée qu'une heure ne me semblait pas suffisante, j'en ai directement réservé deux. Erreur… J'étais au bout de ma vie à la fin du premier cours, alors que les filles du premier rang assuraient ! Quand je suis sortie, j'avais mal partout, en PLS[1] totale. N'empêche, je l'avais fait ! J'ai adoré les profs, Majid et Alix. Si j'y suis retournée ? Toutes les semaines ! D'abord un cours hebdomadaire, puis deux. J'ai gagné en confiance et en bien-être. Pendant une heure, rien ne comptait d'autre. J'avais accroché cette citation sur mon frigo parce qu'elle exprimait exactement ce que je ressentais quand je faisais de la zumba : « *Twenty three hours a day, you run the world, but for one full hour you are free !*[2] »

Si je commençais à me sentir mieux dans ma peau, je n'avais pas *THE body*[3] idéal à mes yeux. Je m'étais affinée, raffermie, mais quand je regardais les filles au corps parfait sur Instagram, je voyais qu'il y avait mieux. Je les enviais et les admirais à la fois. Je me suis mise à suivre Kayla Itsines, coach sportive qui postait les transformations avant/après son « *BBG* », *Bikini Body Guide*. Douze semaines d'efforts et la promesse d'un nouveau

1. « PLS » : abréviation signifiant « position latérale de sécurité ».

2. « Vingt-trois heures par jour, tu diriges le monde, mais pendant une heure, tu es libre ! »

3. « *Body* » : signifie « corps » en anglais.

corps. Au début, je me suis dit que ce n'était pas possible, qu'elle retouchait les photos. J'en ai parlé à Léa et on s'est procuré le fameux programme qui promettait un corps de rêve. Il y avait un début et une fin, ça me correspondait parfaitement. J'étais déterminée !

J'ai filé chez Décathlon m'acheter le matériel et je me suis lancée. Je me souviens encore du soir où j'ai décidé de démarrer l'entraînement. Mon copain Éric se trouvait à l'appartement. Sa présence ne m'a pas dissuadée. Je me suis installée dans le salon et j'ai fait mes premiers *burpees*[1]. J'étais maladroite – normal, je découvrais. Éric m'a taquinée à ce sujet. Cela m'a fait mal au cœur. J'ai eu l'impression qu'il se moquait de moi pile au moment où je sortais de ma zone de confort ! Je me suis promis une chose : plus jamais je ne referais de sport devant lui.

J'ai pris l'habitude de ne rien attendre de mon entourage, et encore moins de mon copain. Quand je tentais de repousser mes limites, je le faisais pour moi et personne d'autre. J'ai pris sur moi et je me suis levée plus tôt trois jours par semaine pour assurer le programme. En parallèle, je continuais la zumba.

J'avais trouvé mon rythme et je photographiais mes changements physiques chaque semaine. Je voyais mon corps évoluer petit à petit. C'était dur, intense et

---

1. « *Burpee* » : enchaînement sportif qui consiste à passer d'une position debout à une position de gainage avant de se relever.

éprouvant. Avec Léa, on s'encourageait. Et nous l'avons fini ! Je voulais ma photo avant/après. Je l'ai eue. Mieux, j'ai ressenti la satisfaction du devoir accompli. J'avais réussi à me motiver, à réaliser quelque chose pour moi, qui me faisait du bien. Je suis passée de la fille complexée à la fille bien dans ses baskets. J'ai alors compris que ce qui ne te challenge pas ne te change pas. Et une fois encore que, si je voulais, je pouvais.

C'est là que *Just Dance* a pris une grande place dans ma vie.

Just Dance, au départ, c'était un jeu pour m'amuser avec ma famille et mes amis. Mais, un soir, alors que je traînais sur Facebook, j'ai vu passer le post qui allait tout changer.

« Participez à la première édition de la JUST DANCE WORLD CUP. »

Just Dance ouvrait des qualifications en ligne pour trouver le champion du monde du jeu. La finale se déroulerait à la Paris Games Week. Une compétition sur un des rares jeux où j'étais quasi imbattable ? J'ai décidé de m'inscrire. Après tout, je n'avais rien à perdre !

Quand le tramway s'arrête à ma station, je souris. Ce que je viens de vivre en étant sacrée championne de France de *Just Dance* a tout d'un conte de fées.

Je repense alors à Manou. Lorsque nous avons créé notre site sur Britney, nous étions toutes les deux fans de fées, ces petits êtres lumineux et espiègles qui répandent de la magie autour d'eux. Nous voulions en être ! Elle est devenue TheFairyManou et moi, TheFairyDina. Le pseudo que j'ai choisi pour me présenter à la Just Dance World Cup.

Flashe ce QR code avec ton téléphone pour découvrir la vidéo dans laquelle je danse sur scène avec Britney Spears à Amnéville.

De mon salon à la scène

C'est dans un tout autre état d'esprit que je débarque au Parc des Expositions de la porte de Versailles le lendemain, pour le premier jour de cette Coupe du monde. Je suis bien reposée car j'ai eu la chance de dormir chez moi, contrairement aux autres participants qui viennent des quatre coins du globe. Le groupe dans lequel je suis placée ne jouera que le lendemain : ça me laisse le temps de voir les autres concurrents danser !

J'avais imaginé du niveau… mais pas à ce point. Ce Brésilien, Diegho, quelle machine ! Si précis ! Sans surprise, il sort gagnant de son groupe, suivi par Kelvin, lui aussi brésilien, dans le deuxième groupe. Malheureusement, les trois Français, Manu, Mario et Flavien, sont éliminés.

Le deuxième jour… À mon tour de jouer. J'ai moins la pression que pour la finale française, parce que j'ai déjà accompli quelque chose d'inimaginable et d'exceptionnel pour moi : je suis parmi les meilleurs danseurs du monde ! La chance a décidé de m'accompagner : sur les trois chansons tirées au sort pour mes matchs de groupe, j'en ai performé deux lors de mes précédents passages sur scène.

Dès l'instant où j'entre dans les loges, le temps s'envole. Le même scénario se rejoue, avec d'autres acteurs. J'échange deux, trois mots avec les personnes de mon groupe. Le jury vient se présenter : Matthew Tomkinson, directeur du jeu, Véronique Halbrey, responsable des contenus créatifs *Just Dance*, et Mehdi Kerkouche, le danseur de la chanson *Bad Romance* version extrême de Lady Gaga (en gros, le niveau le plus élevé du jeu !). Ils sont aussi sympas les uns que les autres, tout en gardant une certaine distance, compétition mondiale oblige ! Olivier, le présentateur, me lance :

— C'est cool que tu sois là, je suis content !

Le moment de monter sur scène approche. Je me sens comme la première fois que j'ai embrassé le mec que je kiffais : j'ai des papillons dans le ventre et des picotements partout dans le corps. Je suis animée par un sentiment d'urgence : celui de montrer de quoi je suis capable.

Julien, l'organisateur, vient nous chercher et nous fait passer dans les coulisses.

La régie lance la vidéo de l'ESWC et la fameuse musique de l'introduction. Ce son est tellement puissant qu'il te met la pression et te donne l'impression que tu vas entrer dans l'histoire ! Pendant qu'Olivier rappelle les enjeux de la finale, je me promets de ne pas faire la même erreur que la première fois : si le jury va être intransigeant sur la technique, je sais que le score ne fait pas tout. Il faut aussi s'amuser ! J'ai passé des heures à m'entraîner et j'ai le sentiment d'être bien préparée. C'est ce que je rechercherai toujours après ce jour : faire du mieux que je peux pour ne rien regretter.

— On accueille nos deux premières candidates pour les États-Unis et la France… Rosalia contre Dina ! annonce Olivier.

J'entre au pas de course, excitée comme une puce. C'est avec *Black Widow* d'Iggy Azalea que je vais commencer, le seul des trois morceaux que je n'ai pas encore dansé sur scène. Malgré tout, je l'ai tellement répété que je pars confiante. Dès les premiers pas, je prends l'ascendant et j'enchaîne les « *Perfect*[1] ». Ça démarre plutôt bien. J'adore cette choré qui mêle sensualité et puissance, avec un côté félin et un autre plus urbain. Arrive un des pas qui me posent le plus de difficulté… *Yes !* Je réussis à l'enchaîner avec celui d'après. Un *move* comme je les aime : déhanché en montant les bras, *hair flip*, nouveau déhanché. Féminin et *badass*. Je suis fan !

Un coup d'œil au score : j'ai passé les quatre étoiles[2] et j'ai une bonne avance. Seule une grosse erreur pourrait

1. « *Perfect* » : appréciation donnée par le jeu lorsqu'un mouvement est parfaitement réalisé.

2. « Étoiles » : indicateur de réussite d'une chorégraphie qui évolue au fur et à mesure de la partie ; leur nombre peut s'élever à cinq.

me faire passer à côté du point de la console. Je le sais, et j'en profite : je kiffe tout le reste de la chanson.

— C'est Dina qui l'emporte au score ! déclare Olivier à la fin.

Heureusement, aujourd'hui, le jury ne tarde pas à se prononcer.

— C'est serré... Les deux ont un très bon niveau... mais j'ai une légère préférence pour Dina, se lance Matthew.

— Pour moi aussi, Dina ! poursuit Véronique.

J'ai d'ores et déjà gagné le match, mais j'attends les remarques de Mehdi avec une impatience toute particulière : son regard est crucial en ce qui concerne la technique.

— Quel plaisir d'avoir des candidates qui jouent le jeu au niveau du style ! Merci pour le legging et pour le short à paillettes. Effectivement, j'ai trouvé Dina plus précise dans ses mouvements.

Waouh ! Venant d'un excellent danseur comme lui, je suis flattée. Dans ma tête, je fais les comptes. Rosalia était ma plus grande concurrente à tous points de vue : style, physique, danse... et je viens de remporter la *battle*[1] contre elle ! Cela présage le meilleur pour la suite.

C'est forte de ces remarques que je descends de scène pour regarder le match suivant en attendant mon tour. Rosalia me glisse à l'oreille un : « Bien joué ! Félicitations. » Quel fair-play ! Trop sympa. Cette fille... je m'en ferai une amie.

1. « *Battle* » : en anglais, signifie « bataille ».

Dmitriy affronte Carrie. Carrie est réputée pour son endurance et ses heures d'entraînement, mais Dmitriy est un *scorer* hors pair. Si je veux gagner contre lui, il me faut miser sur mon avantage, le style, puisque lui se concentre uniquement sur les points. Je vais jouer à fond la carte de l'interprétation ! Plus qu'un match, celui de Rosalia contre Carrie, et après, c'est à moi de jouer.

Dmitriy et moi sommes en place, face à l'écran du jeu. Les notes de *It's My Birthday* de will.i.am ouvrent le duel. À ma grande surprise, je prends tout de suite la tête. Une minuscule avance que le moindre faux pas ferait tourner en désavantage. Heureusement, j'ai retravaillé le geste du coude que j'avais un peu négligé lors de mon premier passage.

Un coup d'œil au public au moment du tour… et je manque de rater un « *Gold Move* ». Je m'en veux, mais je me ressaisis vite. Qu'est-ce que je me suis fait peur ! La chanson se termine, mettant fin à ma culpabilité.

— Ça ne se joue à rien, souligne Olivier.

Dmitriy et moi nous regardons et nous tapons dans les mains.

— Bravo, c'était chaud ! je lui lance en souriant.

OK, j'ai eu le point de la console, mais je ne suis pas contente de moi. Seuls quatre-vingts points nous séparent. Mon moment d'égarement aurait pu me coûter la victoire. Je ne suis pas passée loin !

Olivier donne la parole au jury.

— Je pense que, là, il n'y a pas d'hésitation à avoir : Dina était vraiment meilleure ! affirme Matthew.

— Dina a remis les choses à leur place, poursuit Véronique.

— Je les trouve très durs et très méchants, plaisante Medhi. Effectivement, Dina a le *groove*[1] qu'il faut pour cette chorégraphie, mais ça doit être une question de sensibilité !

J'ai gagné ! Sans surprise pour mon adversaire, qui me confie ensuite qu'il ne s'imaginait pas me battre. Incroyable.

Plus qu'un match ! Pendant que Dmitriy affronte Rosalia, j'en profite pour enlever mon tee-shirt et lâcher mes cheveux comme la première fois. Le jury a changé, pourquoi ne pas retenter le même effet ?

Je repense à Carrie, ma prochaine chalengeuse. Je peux l'avoir au score, même si elle tient la distance. Je ne réfléchis pas aux conséquences d'une éventuelle qualification, parce que je ne l'envisage même pas.

Notre duel se déroule sans que je le voie passer. Carrie prend du retard dès le départ. Forte de cette avance, je danse en confiance.

— Sans faire de favoritisme pour notre Française, il me semble que Dina s'est facilement imposée sur le jeu, ne peut s'empêcher de commenter Olivier à la fin du morceau.

1. « *Groove* » : le rythme.

Matthew est d'accord.

— Elle maîtrise la chorégraphie, ça se voit, et ça l'aide à se lâcher. Dina nous a montré qu'elle pouvait être à fond, tout dans l'émotion, poursuit le directeur artistique.

Le public hurle son approbation. J'ai du mal à réaliser ce qui m'arrive.

— Pour moi, c'est simple, c'est Dina : précis, sexy et en même temps fun, ajoute Véronique.

— Pour les mêmes raisons, je vote Dina ! conclut Mehdi.

Ces mots venant des personnes qui ont créé mon jeu préféré, je les reçois comme autant de cadeaux. Je suis émue aux larmes. Et soudain, je prends cette vérité en pleine face : je l'ai fait ! J'ai gagné !

Une fois redescendue sur Terre, je retrouve les autres finalistes encore en lice dans la zone d'entraînement derrière la scène : Diegho, Kelvin et Tulio, tous trois brésiliens. En les regardant, je me dis : *Meuf, t'es la seule fille en demi-finale et tu vas représenter ton pays !* Je porte les couleurs de la France comme une fierté. J'ai tracé ma route là où aucune autre ne l'a fait et pour moi, c'est très précieux. Quoi qu'il arrive, je suis maintenant une des quatre meilleurs Just Dancers du monde. J'ai le sentiment que j'ai accompli l'impossible. La suite ne sera que du bonus.

Après l'effort, le réconfort. Le soir, avec tous les candidats, on finit dans une pizzeria pour célébrer ce moment unique. Car au-delà de la compétition, ce qui compte le plus, c'est le plaisir d'être ensemble et de partager. Je n'ai jamais eu l'occasion de me retrouver au milieu de gens venus de tous horizons. Les cinq continents sont représentés autour de la table ! Je savoure chaque minute passée avec ces étrangers qui me sont à chaque instant plus familiers – sans savoir que certains deviendront mes amis.

Le lendemain est vite là. Une nuit de sommeil et nous y sommes déjà. J'ai la pression, on ne va pas se mentir. On est dans le carré final. Je suis excitée et impatiente, car je n'ai jamais exécuté sur scène les trois chansons qu'on va danser aujourd'hui.

Depuis le début de la compétition, j'ai mis le pied dans un tourbillon de folie. Ce jour-là, je suis dans l'œil du cyclone… et je décide de me laisser porter. Arrivée au Parc des Expositions, j'ai à peine le temps d'échanger quelques mots avec les autres et de m'échauffer que tout s'enchaîne. Cette fois, mes supporters sont là au complet, amis et famille ! C'est aussi pour eux que je suis arrivée en finale. Je ne veux pas les décevoir.

Aujourd'hui, le tournoi se joue en « *Best of three* », le meilleur des trois. On danse trois chansons contre notre adversaire, et il faut en remporter deux. Olivier rappelle les enjeux :

— Vous allez voir sur cette scène les meilleurs Just Dancers du monde. Avec, pour cette demi-finale, une Française, Dina ! En cas d'égalité sur un match, comme d'habitude, on demandera au public de s'exprimer mais, cette fois, c'est vous, sur Internet, qui les départagerez, dit-il en s'adressant à la caméra. Vous êtes chauds, ou pas ?

Applaudissements endiablés du public. Depuis les coulisses, je vois le jury faire son entrée.

Diegho et Kelvin ouvrent la compétition. Ils sont tous les deux excellents mais c'est Diegho qui l'emporte. Il est le premier grand finaliste. Celui que j'affronterai si je gagne la demi-finale…

Ça va être mon tour. Je me sens excitée et zen à la fois. Inconnue, je n'ai pas la pression d'une communauté. Personne n'attend rien de moi à part moi-même : je veux me faire plaisir, et faire plaisir à mes proches venus spécialement pour l'occasion.

C'est dans cet état d'esprit que je monte sur scène : dynamique et souriante. Et quelle joie de voir mon surnom apparaître pour la première fois sur les écrans de présentation ! Les jours précédents, il était écrit « Amandine ». Aujourd'hui, Dina va naître aux yeux de la communauté *Just Dance*.

— Je crois que c'est le duel que tout le monde attend, lance Olivier. Dina, vingt-neuf ans, Tulio, dix-huit ans…

Le morceau d'Ariana Grande, *Break Free*, a à peine commencé que mon adversaire est déjà à fond. La chanson défile si vite que nous nous retrouvons à la moitié en un éclair ; Tulio mène. Problème : la caméra fait des siennes, elle se déconnecte, se reconnecte, mélange les joueurs. Pendant ce temps-là, les points sont mal ou pas comptés. Mais ça ne change rien : Tulio est toujours en tête ! Si loin devant que je me dis : *Perdu pour perdu, autant y aller.* Je relâche tout, stress et cheveux et, encore une fois, je kiffe au maximum !

Tulio gagne au score. Pas étonnant. Pourtant, je suis contente de ma prestation. Nous nous tapons dans les mains en bons joueurs.

— Le jeu a donné raison à Tulio, confirme Olivier avant de se tourner vers le jury. Bon courage pour les départager, parce que là, c'était magique !

— Effectivement, les deux étaient à fond ! Mais je crois que, sur celle-ci, Tulio a une nouvelle fois prouvé qu'il est une machine à *Just Dance*, lance Matthew, plein d'admiration.

Ces mots ont dû marquer le Brésilien : l'année suivante, il se fera tatouer les mots « *Just Dance* » sur le bras droit ! J'observe les deux autres membres du jury. Ils sont en plein débat. C'est mal parti… mais tout n'est peut-être pas joué. Véronique met fin au suspense.

— C'est la première fois que c'est aussi difficile pour moi de choisir. Vous nous avez vraiment bluffés !

J'écoute attentivement chacun de ses mots pour essayer de déceler son verdict. Mais dans sa tête, à ce moment-là, j'ai l'impression que nous sommes tous les deux sur un pied d'égalité. Même si ça me fait plaisir, cela veut dire que ce n'est ni une grande victoire, ni une grande défaite. En compétition, il est parfois plus facile d'accepter le résultat quand on sait qui a « franchement » gagné ou perdu ! Je suis pendue à ses lèvres, la gorge serrée.

— Ce sera… Tulio pour cette chanson ! finit par dire la responsable des contenus créatifs de *Just Dance*.

Je prends conscience soudain que j'ai un concurrent sérieux face à moi. Tulio n'est pas seulement une machine qui exécute des mouvements pour *scorer*… il est aussi excellent dans l'interprétation ! Mehdi trouve quand même les mots pour me remonter le moral :

— Je voudrais remercier Dina, parce qu'elle représente à elle seule les femmes et la France, et elle le fait de façon géniale !

Il confirme ensuite que son point va à Tulio, en lui reconnaissant une énergie incroyable et une précision hors pair.

Je m'incline sur cette chanson face à un concurrent de taille, mais je n'ai pas encore perdu la bataille. Je vais tout donner sur la deuxième chanson *You Spin Me Round (Like A Record)* de Dead or Alive !

— Je danse avec vous ! nous taquine Mehdi, qui est justement le danseur qui interprète la chorégraphie dans *Just Dance*.

Je lui fais un signe de la main pour lui dire de nous rejoindre, pour le fun. La chanson se lance, et nous avec.

Mais nous avons à peine eu le temps de faire quelques pas que la console se fige sur pause. Déstabilisant.

— Ils sont trop bons pour la caméra ! plaisante Medhi.

Coupés dans notre élan, nous devons recommencer depuis le début… Juste après avoir été relancée, la console continue d'être capricieuse, mais elle n'arrête pas la chanson et encore moins notre détermination. Cet incident technique joue en ma faveur. Tulio avait pris le *lead* dès le départ et a été fauché en plein élan. C'est moi qui prends de l'avance au deuxième essai ! J'enchaîne « *Perfect* » sur « *Perfect* ». Et là, contre toute attente, ce son terrible… Oh, non ! J'ai perdu la couronne. Je regarde à nouveau l'écran pour m'en assurer. Pas de doute : Tulio a l'avantage. Je ne comprends pas. Je n'ai pourtant pas fait d'erreurs ! Je perds pied et je ne réussis pas à remonter le score. Mon concurrent cumule les « *Perfect* »… et ce qui devait arriver arrive : Tulio l'emporte !

— Ça se joue à rien… Huit petits points… C'est des malades !!!

Ah, Olivier, toujours le mot pour rassurer.

Je suis dans l'incompréhension totale. Mais tergiverser ne servirait à rien : mon sort est désormais entre les mains de Matthew.

— Je déteste mon job, là tout de suite ! commence-t-il. Vous avez été tous les deux incroyables ! C'était fou de vous voir ainsi. Même si j'aimerais voir une troisième chanson… je dois admettre que Tulio a été meilleur.

Déçue, je me dis : *C'est la vie.* Je regarde Véronique.

— Huit points… C'est la première fois que je vois ça dans la compétition. Mais, Dina, même si tu as été grandiose… Tulio, je pense que cette chanson était faite pour toi !

— C'est si dur… poursuit Mehdi avec une petite moue compatissante. Tulio, tu étais possédé ! Cette chanson, c'était totalement ton énergie et ton *flow*.

Tulio gagne haut la main. C'est sans appel. Dur pour moi d'encaisser deux défaites : zéro au score et un jury qui a voté à l'unanimité pour mon concurrent… J'ai la gorge nouée. Au moment de quitter la scène, les jurés, bienveillants, me prennent dans leurs bras. Même si leurs *hugs*[1] ne me consolent pas, ils me font du bien.

Je retiendrai une leçon de ce match : donner le meilleur de soi, parfois, ça ne suffit pas ! Il me faut maintenant le digérer.

Je dois me ressaisir pour jouer la petite finale cet après-midi. Avant de retrouver mes proches, je traverse les coulisses et tombe sur Diegho… en pleurs ! Je ne comprends pas tout de suite pourquoi. Il vient juste de sortir victorieux ! Il m'attire dans ses bras et je le serre fort.

— Je voulais que ce soit toi qui gagnes… me murmure-t-il à l'oreille.

Je relâche mon étreinte et le regarde dans les yeux. Je n'en reviens pas. Je pensais qu'il avait le cœur chauvin et

1. « *Hug* » : terme anglais signifiant « câlin ».

qu'il serait forcément pour Tulio… Mais non ! Touchée, je le remercie et le félicite pour sa victoire en le serrant dans mes bras encore une fois.

Il m'a offert des chips la veille pendant la pause déjeuner. Là, j'ai l'impression qu'il vient de m'offrir son cœur.

Je retrouve ensuite ma famille pour déjeuner et je me nourris de leurs paroles réconfortantes : j'ai l'estomac si noué que je ne peux rien avaler. Chacun à son tour, mon père, ma mère, mon frère, ma tante, tous m'assurent que je méritais de gagner plus que Tulio, même s'il a été super… Je sais bien qu'ils ne sont pas objectifs, mais ça fait du bien à entendre.

La petite finale va définir celui qui montera sur la troisième marche du podium. Elle m'opposera à Kelvin et se jouera sur une seule et unique chanson : *Bad Romance* version extrême de Lady Gaga. « La » chanson la plus difficile dans toute l'histoire de *Just Dance* ! Quatre minutes cinquante-trois secondes de chorégraphie, et pas n'importe laquelle : l'officielle dansée par Lady Gaga elle-même ! Cette danse, je ne l'ai pas simplement regardée, je l'ai étudiée : arrêts sur image, retours en arrière, ralentis… J'ai tout vu et revu, chez moi et même dans les transports en allant au travail ! J'ai vraiment eu du mal à l'apprendre, j'ai même cru que je n'y arriverais jamais. Mais je l'ai fait ! Maintenant, il me faut le prouver devant le jury et le public.

Je dois à tout prix la redanser une dernière fois avant d'affronter Kelvin. Il est un *scorer* exceptionnel, encore plus que Dmitriy, et il s'est justement entraîné sur la Xbox avec Kinect (la technologie qui équipe l'ESWC). Je n'ai aucune chance de gagner au score. Il faut tout miser sur l'interprétation.

Dans la zone d'entraînement, je suis surprise de retrouver Tulio, Diegho et Kelvin. Ils sont là pour la même chose que moi… Évidemment ! *Bad Romance* constitue le plus gros des défis. Nous dansons chacun notre tour, sous le regard des uns des autres.

Je monte sur scène sans me départir de l'idée qu'il y a un challenge dans le challenge : Kelvin et moi, on joue pour décrocher la troisième place mondiale sur la chanson la plus difficile, devant un jury dont l'un des membres est le danseur du jeu. C'est le moment ou jamais de donner le maximum !

Face à l'écran, devant le public chauffé à bloc par Olivier, je plonge dans l'univers de Lady Gaga et je m'efforce de m'imaginer que je *suis* elle. Je ne regarde plus le score, je me laisse habiter par la passion, la rage. Quand la partie au sol arrive, je me lâche : je vais au bout du mouvement, je n'ai plus peur de rien. Seul compte le moment présent. Je frappe le plancher avec mes mains, en transe. À mes côtés, je sens que Kelvin est tout aussi engagé. Il assure… à la hauteur de sa réputation.

Il gagne au score avec six cents points d'avance. Victoire écrasante. Standing ovation du public et du jury. J'ai le cœur qui bat à mille à l'heure. Je suis contente de ma prestation, même si la console a donné son point à Kelvin. Je regarde le jury, portée par les voix de ma *team*[1] qui scande mon nom.

— Cette chanson est la plus dure qu'on n'ait jamais créée, confirme Matthew. Je ne l'ai jamais tentée moi-même. Voir des joueurs l'exécuter comme ça, c'est du délire. Et je pense qu'en termes d'intensité et d'attitude... Dina a été meilleure !

— Pour moi, Dina a déchiré cette chorégraphie, renchérit Véronique.

Mehdi suit leur élan. Selon lui, les danseurs amateurs ne peuvent pas réaliser cette choré. Ça veut dire qu'on joue dans la cour des grands !

Objectif atteint. J'ai le point du jury. Je soupire, soulagée. Notre sort est maintenant entre les mains du public sur Twitch, la chaîne de streaming en ligne. Point d'interrogation total ! Je n'ai pas encore de communauté... Tout est possible pour moi comme pour Kelvin. Mains en prière sur la bouche, je retiens mon souffle, les yeux rivés sur l'écran géant. Dans mon cerveau, c'est le néant : je n'arrive plus à réfléchir. Enfin, les résultats tombent : « 49 % Kelvin, 51 % Dina. » Je n'y crois pas. Kelvin m'attire à lui pour me serrer dans ses bras. J'ai décroché ma médaille de bronze !!! Je suis la troisième meilleure joueuse du monde sur *Just Dance* ! Quelle folie !

---

1. « *Team* » : terme anglais signifiant « équipe ».

Dans les coulisses pour observer la grande finale, je ne lâche pas Diegho du regard, en priant pour qu'il gagne contre Tulio. Trois chansons à enchaîner et le verdict consacrera le premier champion du monde de *Just Dance.* Ils sont tous les deux exceptionnels. À égalité, cette fois-ci, ce n'est pas Lady Gaga et sa *Bad Romance* qui vont faire basculer le destin de l'un d'eux vers le conte de fées… mais *Break Free* d'Ariana Grande. Diegho gagne le point console… Le jury décide que Tulio mérite lui aussi la médaille d'or… et c'est le public qui érige Diegho champion !

De retour sur scène pour la remise des prix, je cours vers lui pour le féliciter. Ma médaille autour du cou, je contemple le drapeau bleu, blanc, rouge au-dessus de ma tête en me disant avec fierté : *J'ai porté la France jusqu'au bout !* Quel sentiment incroyable… J'embrasse ma médaille, la première de toute ma vie. Je suis tellement heureuse ! Diegho m'attrape et nous nous serrons fort tous les trois avec Tulio, sur l'hymne du Brésil et sous les flashs des photographes. C'est dans la boîte !

Olivier encourage le public à nous faire un tonnerre d'applaudissements. Tout va pour le mieux dans le meilleur des mondes.

Nous repartons tous trois avec un cadeau : la visite des studios de *Just Dance* quelques mois plus tard. J'ai du mal à imaginer que je vais découvrir l'envers du décor de mon jeu préféré. Diegho est le seul à avoir gagné un *fanmade* :

sa propre chorégraphie dans *Just Dance*, sur la musique et dans la tenue de son choix ! Privilège de champion !

Nous célébrons cette victoire, tous réunis, à la soirée de clôture de l'ESWC. Les enjeux de la compétition levés, c'est dans une ambiance amicale que l'on se rapproche les uns des autres et qu'on danse jusqu'au bout de la nuit… Demain, chacun repartira dans son pays. Mais demain peut attendre, car vous n'avez jamais vu un *dancefloor* aussi animé que celui rempli de passionnés de *Just Dance* !

Mon aventure commence à peine, mais elle est déjà au-delà de mes rêves.

Flashe ce QR code avec ton téléphone pour découvrir la grande finale de la Just Dance World Cup 2014 dans laquelle on me voit danser contre Kelvin sur Bad Romance *version extrême.*

Du rêve à la réalité

Le lendemain arrive très vite. Trop vite. Je me suis couchée à trois heures et demie du matin, et le réveil me tire des bras de mon rêve à peine quelques heures plus tard. Je remets un pied dans la réalité.

Au bureau, mes collègues ont déposé un chausson aux pommes et un bouquet de fleurs sur mon poste de travail. Un peu de couleurs et de baume au cœur. Je file à la machine à café et, pendant qu'il coule, je me dis : *Et maintenant ?* La réponse ne se fait pas attendre. *Reprends comme avant. Pas le choix.*

La journée me paraît interminable. Je suis au bout de ma vie parce que j'ai à peine dormi... et que tout est fini ! Quand je claque la porte du boulot, le soir, il pleut des cordes. Je m'arrête à l'abri de la terrasse d'un café pour regarder la pluie tomber. C'est comme si le ciel pleurait les larmes que je ne verse pas. Je savais, pourtant, quand je me suis lancée dans cette compétition, qu'il y avait un point de départ et un point d'arrivée.

Mais j'ai l'impression d'être en décalage. J'ai « le compèt' blues »... Cette finale a allumé l'étincelle de ma passion pour *Just Dance* à un niveau que je ne soupçonnais pas et, je le sens, celle-ci n'est pas près de s'éteindre.

Les jours qui suivent, mon existence me revient en pleine figure, comme une claque. À côté de ce que je viens de vivre, mon quotidien m'apparaît trop tranquille. J'aime bien mon job, j'ai des amis super, ça va avec mon copain – mais rien d'exceptionnel. Je suis lessivée. Quand on a eu la tête dans les étoiles, difficile d'en redescendre.

Avant la Just Dance World Cup, j'avais déjà entamé un grand projet : mon mariage avec Éric. Il est grand temps que je m'y mette, même si je me sens dépassée. Il y a tant de choses à faire... Par quoi commencer ? Heureusement, mes amis viennent à la rescousse. Manou et Morgan sont aussi forts en organisation qu'ils sont fans de Britney. « On va t'aider ! » m'assurent-ils.

Mais les préparatifs du mariage n'éteignent pas ma flamme pour *Just Dance*. C'est comme si Mouss, le *Community Developer* du jeu, l'avait senti. Il m'appelle pile à ce moment-là pour me proposer de faire une vidéo *Just Dance Minute* avec lui. À cette époque, chaque fois qu'une chanson inédite sort sur *Just Dance*, elle est mise en vente à 2,99 euros en DLC[1], et Mouss révèle quelques

1. « DLC » : « *downloadable content* », signifie « contenu téléchargeable ».

secondes de ces nouvelles chorégraphies dans *Just Dance Minute*. Je n'hésite pas une seule seconde. C'est un nouveau challenge, double ! La vidéo sera diffusée sur la chaîne YouTube officielle Just Dance UK, et c'est la première fois que je vais parler en anglais devant une caméra.

J'adore tellement la chanson, *Boom Clap* de Charli XCX, que j'envisage de me lancer, moi aussi, dans le tournage d'une vidéo où je la danserais en entier.

En entrant dans la communauté, j'ai suivi sur Internet des Just Dancers qui avaient leur propre chaîne YouTube. Léa et Morgan, qui savent que je participe déjà à Radio Britney[1], me poussent à créer la mienne. Ils n'insistent pas longtemps pour me convaincre : j'en meurs d'envie ! J'en parle à ma collègue de travail, Fanny, qui rêve d'être réalisatrice.

Quelques jours plus tard, on quitte le bureau pour aller enregistrer sur notre pause déjeuner. Fanny a déjà pensé au lieu de tournage : la petite couronne de Paris. À part celle de *Just Dance*, à cette époque, je ne connais pas d'autre couronne ! Nous voilà parties, Léa, Fanny et moi, à travers les rues de Paris. Déjà en tenue, j'escalade murs et grillages en baskets compensées, minijupe et crop-top… en plein mois de janvier. Je suis gelée ! On tourne la vidéo en deux temps, trois

1. « Radio Britney » : radio sur Internet cent pour cent consacrée à Britney Spears (créée par un fan).

mouvements. Je ne réussis pas à danser toute la choré du premier coup correctement mais, la fois d'après, oui ! On a ce qu'il nous faut.

Le soir, Léa me rejoint chez moi après le travail. Aucune de nous ne sait faire de montage vidéo, alors on la joue système D ! J'allume télé et console, je *score* pendant que Léa filme l'écran, et je fais un montage à partir des deux vidéos.

Il n'y a plus qu'à le mettre en ligne. J'ai juste à renommer mon vieux compte YouTube… et la chaîne Dina Just Dance est née. C'est avec une immense fierté que je poste mon tout premier *gameplay*[1] *Just Dance*, réalisé et monté avec les moyens du bord entre copines !

Une semaine après, je débarque dans le bureau de Léa.

— Tu te rends compte, la vidéo a dépassé les mille vues !

Je n'en espérais pas tant. Ça me paraît énorme ! On spécule sur l'argent qu'on pourrait gagner si la vidéo devenait virale. C'est surtout pour rire, parce que ce n'est pas avec ça qu'on va faire fortune : la chanson étant sous copyright, ma vidéo est « démonétisée » !

Les semaines passent et arrive ce que j'attendais le plus : la visite des studios qui me ramène Diegho et Tulio du Brésil. Depuis sa venue en France, Diegho

1. « *Gameplay* » : le joueur se met en scène lorsqu'il expérimente un jeu vidéo.

et moi avons continué à échanger régulièrement. On s'entend bien, d'autant plus qu'il n'y a aucune ambiguïté entre nous. Grâce à lui, ou plutôt à cause de son manque de maîtrise de l'anglais, je parle maintenant quelques mots de portugais.

Diegho débarque quelques jours avant à la maison, les bras chargés de nourriture pour me faire découvrir sa culture. On est tellement contents de se revoir ! Le lendemain, on calfeutre mon appart' pour tourner une vidéo de nous en train de danser recouverts de peinture qui réagit à la lumière noire. On s'éclate ! Éric, un peu moins...

Après une journée à Disneyland, il est temps pour Diegho et moi de retrouver Tulio et de profiter de la fameuse visite des studios Ubisoft.

Découvrir le lieu de création de son jeu préféré, pour un Just Dancer, c'est comme rendre visite au Père Noël. Quel privilège ! Dès que je passe la porte d'entrée, j'ai immédiatement l'impression d'être « dans » le jeu. À mesure que nous avançons dans les locaux, tous les secrets de création nous sont dévoilés. Des panneaux d'inspiration qui enfantent les chansons (tenues, univers, histoire) au tournage en avant-première de *Uptown Funk* de Bruno Mars et Mark Ronson… nous voyons tout. Nous posons aussi toutes les questions qui nous démangent depuis si longtemps ! L'équipe est très chaleureuse avec nous. On fait même une *battle* avec les développeurs de *Just Dance*. Ils se défendent bien, mais on les bat au score. L'honneur est sauf ! Enfin, j'assiste aux répétitions et au tournage de la chorégraphie de Diegho avec Mehdi Kerkouche.

Ces moments conviviaux, cette chance de pouvoir approcher les gens derrière le jeu, de toucher l'humain derrière la machine : c'est grandiose ! Mais toutes les bonnes choses ont une fin. Notre voyage au cœur de *Just Dance* s'arrête et Diegho et Tulio repartent dans leur magnifique pays. Magnifique, mais si lointain.

La vie reprend son cours... toujours trop tranquille à mon goût. Il faut que je me challenge. Je suis dans une phase où j'ai besoin de me prouver des choses. Je motive mes proches pour le Mud Day : quatorze kilomètres de course parsemés d'obstacles, dont un bassin d'eau glacée à traverser ! Un vrai parcours du combattant. Juste ce qu'il me fallait. Et *yes*, on l'a fait ! J'en ressors une fois encore avec ce sentiment incroyable : quand on veut, on peut.

Chaque fois qu'un défi se termine, il m'en faut un autre... pour casser la routine. J'enchaîne alors les événements avec la communauté *Just Dance* parisienne. On danse ensemble dans les rues de la capitale jusqu'à ne plus avoir d'énergie. Je me sens des leurs. Ils deviennent comme ma seconde famille.

Je vais bientôt avoir trente ans et j'ai envie de mordre la vie à pleines dents. Ralentir ? Pas question ! Plutôt appuyer sur l'accélérateur. Je suis fatiguée, mais je veux vivre ma vie à mille à l'heure. Je dormirai plus tard !

Un jour, un journaliste de M6 me contacte pour filmer une capsule pour leur journal télévisé.

— Souhaiterais-tu pouvoir vivre de ta passion pour *Just Dance* ? m'interroge-t-il.

Sa question me surprend... mais allume une lueur d'espoir que je ne nourrissais pas avant.

— Si je pouvais quitter mon travail pour ne faire que ça... là, j'aurais atteint le summum ! je lui réponds.

Cette idée me paraît totalement inaccessible. Mais si je n'essaie pas, comment savoir ?

Je passe beaucoup de temps à faire ce que j'aime et, malheureusement, je néglige parfois mes projets de couple. Mon fiancé me le reproche.

— J'ai l'impression que tes trucs *Just Dance* t'intéressent plus que les préparatifs de notre mariage... se plaint-il.

D'accord, j'ai des choses à faire, mais j'ai aussi des choses à vivre ! On attend de moi que je porte tout – y compris mon futur mari. Il n'est d'ailleurs pas le seul à me juger. Pourtant, je ne me sens pas la force de faire autrement. Même avec l'aide de mon entourage, je suis dépassée par l'ampleur des tâches à accomplir.

Elle est loin, l'idée que je me faisais du mariage, petite fille ! Comme beaucoup, j'imaginais que ce jour serait le plus beau de ma vie parce que je dirais « oui » à l'homme que j'aime... Personne ne m'avait parlé de ces mois de préparation sous une pression folle ! Toute la magie a déjà disparu : j'en suis à stresser pour que tout se passe bien le jour J, que tout le monde soit heureux d'être là.

Nous nous aimons avec Éric ; malgré tout, nos moments de complicité deviennent plus rares et nous nous disputons fréquemment. Je n'ai pas envie de m'excuser de vivre. Sur le moment, je me dis que mon manque d'implication est dû à ma passion pour *Just Dance*. La suite me fera comprendre que c'était bien plus que ça.

L'été arrivé, j'ai besoin d'un break. Ça tombe bien, Ubisoft m'accorde un voyage au Brésil pour compenser le cadeau « voyage en France dans les studios de *Just Dance* » qui, pour ma part, ne m'a pas fait quitter Paris... C'est l'échappatoire rêvée ! Je retrouve Diegho pour quelques jours dans son pays. Et quel pur bonheur de découvrir que la chaleur de cœur des Brésiliens n'est pas qu'une rumeur : elle existe bel et bien ! Je rencontre des gens ouverts et positifs. Je tombe amoureuse du Brésil. Pendant deux semaines à Rio de Janeiro, je me fonds dans la culture locale, je découvre la délicieuse cuisine, les plages de sable fin... et le Christ rédempteur. Grâce à *Just Dance*, je vis une expérience extraordinaire.

Fin du séjour, c'est bien sûr le cœur serré que je quitte Diegho. On se fait une promesse : à la prochaine Coupe du monde de *Just Dance*, on doit tous les deux aller en finale !

Retour en France, retour à la réalité : J-2 mois avant mon mariage. Je dois passer à la vitesse supérieure, même si je ne me sens toujours pas en état. Heureusement, plus la fin des préparatifs approche, plus je recommence à y prendre du plaisir.

Le grand jour arrive enfin. Dès le matin, je suis emportée par un tourbillon d'amour. En ce sens, c'est le plus beau jour de ma vie, parce qu'il réunit tous les êtres qui comptent le plus pour moi. Et aussi parce qu'on réussit à faire passer du Britney Spears à l'église ! Impossible de vivre ce jour sans entendre chanter celle qui m'accompagne depuis plus de seize ans.

À peine les invités partis, nous nous envolons vers les îles de la Polynésie, direction notre lune de miel. Nous voilà engagés pour la vie… On m'avait dit qu'après sept ans l'amour n'était plus le même qu'à ses débuts. Je n'y avais jamais cru. La vie me prouve que j'avais tort. Entre nous, les habitudes et la tendresse ont remplacé la passion. Ce qui aurait dû être un voyage magique tourne à l'orage.

Dès le deuxième jour, des tensions naissent. Si Éric m'a fait le cadeau de m'aimer telle que j'étais les premières années, aujourd'hui, il me reproche d'être passionnée par autre chose que notre couple. Si j'ai le malheur de lui demander de m'aider à filmer une vidéo, il me fait bien comprendre que cela l'ennuie. Je le sens complètement fermé à tout ce qui touche de près ou de loin à *Just Dance*.

Je réalise pendant ce voyage que notre lien est fragile, mais je suis déterminée à faire que cela fonctionne à nouveau entre nous. Je m'y suis engagée en disant « oui », je n'ai qu'une parole.

De retour à Paris, je me replonge dans mes activités. Et quelles activités ! Après la World Cup, Kayane et moi avons sympathisé. J'adore cette fille, elle est top ! Elle m'appelle et propose :

— J'ai une scène à la convention Paris Manga 2015, ça te dit de venir animer un jour ou deux ? Je suis sûre que tu pourrais être super dans ce rôle !

— T'es sûre ? Tu penses que je ferai une bonne animatrice ?

— Mais oui ! Je serai avec toi et ça fera plaisir aux gens, viens !

Elle me prend sous son aile et m'explique les codes du business dans le monde du jeu vidéo. Notamment, comment survivre en tant que fille dans ce milieu masculin… Une vraie bénédiction !

Le jour J, elle tient parole. Elle me fait monter sur scène et reste là, en retrait tout au long du show, au cas où. Je danse et fais danser le public. Mais j'en suis encore à mes débuts, dans la retenue.

Je n'oublierai jamais ce que Kayane a fait pour moi : elle m'a mis le pied à l'étrier sans rien attendre en retour. Une fille en or !

Flashe ce QR code avec ton téléphone pour découvrir le gameplay *que j'ai réalisé sur* Boom Clap *de Charli XCX.*

Tout devient possible

Octobre arrive, ramenant avec lui mon anniversaire et… la Just Dance World Cup ! Un an s'est déjà écoulé. Les règles ont changé : seuls deux Français peuvent se qualifier, le meilleur *online* et le meilleur sur scène lors de la Paris Games Week. Cette année, je n'étais pas dans des conditions optimales pour décrocher la place en ligne pendant l'été : avec le mariage, le temps pour m'entraîner m'a manqué. Et à force de vouloir tout faire, on finit par mal faire… J'ai terminé deuxième du classement en ligne. C'est Manu, de retour dans la compétition lui aussi, qui a remporté la première place.

Il ne me reste plus qu'à tenter ma chance lors de la Paris Games Week. J'ai la pression. Je m'en voudrais beaucoup si je ne réussis pas. Je sais que je suis attendue et que les places sont chères, mais je suis déterminée à prouver que je n'ai pas fini sur le podium par hasard l'année dernière. Alors je répète chaque soir pendant des heures en rentrant du travail, en essayant de déranger mon mari le moins possible. C'est dur car il ne me soutient pas beaucoup... mais en aucun cas je n'abandonnerai.

Je me présente donc à la finale française de la deuxième Just Dance World Cup. Les *battles* se jouent une fois encore sur le système « *Best of three* ». Pour chaque chanson : un point console, un point jury, et le vote du public sur Twitter en cas d'égalité.

Comme je suis arrivée deuxième *online*, en demi-finale, j'affronte directement l'un des deux qualifiés sur place le jour J : Raphaël. Je sais qu'il s'entraîne sur Wii U et, la compétition se jouant sur Xbox, je pense avoir un avantage. Cependant, quand on commence à danser, je réalise vite qu'il est un sérieux concurrent. Le score est serré. Je gagne la première chanson, lui, la deuxième. On enchaîne la troisième, jusqu'au bout. Pas de répit. Je remporte le match de justesse. Coup de stress.

Lorsque l'heure de la finale sonne, je me retrouve face à Estelle. Elle a sorti le cosplay qui colle à la perfection avec le costume de l'une des coachs du jeu. Là, je me dis : *C'est sûr, elle a envie de gagner*. Elle n'a pas fait autant d'efforts pour rien ! Moi, j'ai ma tenue sportive, comme toujours. Cette année, je porte les couleurs de la marque HyperGames d'Auchan, avec qui j'ai un partenariat.

Le cosplay, qui semblait être un atout, finit par desservir Estelle. Dès la première chanson, je la sens gênée, comme freinée dans ses mouvements, tandis que je suis à fond et à l'aise dans mes baskets. Quand le score s'affiche, stupeur : j'ai gagné ! Le jury me donne raison, et le scénario se répète sur la deuxième chanson.

— Dina est à nouveau championne de France ! Championne de France de *Just Dance* ! insiste Olivier.

Je suis tellement émue que j'ai du mal à parler quand Olivier me tend le micro.

— J'ai réussi et, pour moi, ça veut dire beaucoup.

Les larmes me montent aux yeux. J'ai ma revanche ! Ma coupe en main, je me dis : Yes, *meuf, t'as transformé l'essai !*

J'ai à peine le temps de souffler qu'il me faut à nouveau tout donner pour les phases finales mondiales qui commencent, comme l'année précédente, dès le lendemain matin. J'ai la chance de me retrouver dans un groupe où nous sommes une majorité de filles, ce qui est plutôt rare. Nous sommes toutes de même morphologie, ou presque : nous allons jouer à armes égales.

Tout se passe très vite et mon entraînement intensif paye : l'après-midi, nous ne sommes plus que quatre en lice dans ma poule. Le premier jouera contre le troisième, et le deuxième, contre le quatrième.

Je commence avec Avery sur *Drop The Mambo* de Diva Carmina. Je la connais comme joueuse de PlayStation, pas de Xbox. Elle dansait déjà bien l'année dernière, cette année, elle va être redoutable !

La chanson démarre. Très vite, même si je suis en confiance, l'appréhension monte. Je suis à fond, mais mon instinct me dit qu'à côté de moi mon adversaire se lâche également. Je ne peux pas la voir danser, mais j'aperçois ses cheveux voler en même temps que les miens !

La chanson défile sans que je m'en rende compte. Avery gagne au score. Ce n'est pas ce que j'avais prévu. Je sens la pression augmenter. Les jurés votent unanimement pour elle : j'ai donc perdu le premier match. Je n'ai plus droit à l'erreur. Et je dois réagir très vite.

C'est tendue que j'entame la deuxième chanson. Sur *Born This Way* de Lady Gaga, je suis plus confiante – en termes de scoring – que sur *Drop The Mambo*. Je me mets directement en mode « *beast*[1] » et je gagne au score. Ma prestation n'a pas échappé au jury, qui hésite tout de même entre le style plus fluide d'Avery et le mien, plus sportif. Ils finissent par m'accorder leur point. *Yes !* Nous voilà à égalité. Je la savais bonne joueuse, mais pas à ce point-là ! Une chanson me sépare encore de la victoire.

La troisième manche se déroule sur une de mes chansons préférées de Britney Spears : *Circus* version extrême. Hors de question que je perde sur mon idole ! Je lâche la Britney qui est en moi. À côté, Avery a du mal à tenir la distance. Elle commence à fatiguer. Pendant le break,

1. « *Beast* » : en anglais, signifie « bête ».

elle tente un pas technique et manque de tomber. De mon côté, j'assure mes arrières en modifiant un peu le pas, tant pis si je ne le fais pas à la perfection. La fin de la chanson sonne… ma victoire sur la console. Reste l'avis du jury.

— On a vu que tu connaissais toutes les paroles, souligne Olivier en me regardant, taquin. Mais rien n'est fait. Jason, ton avis ?

— C'est dur, répond le producteur exécutif de *Just Dance*. C'était si serré. Avery, tu as l'esprit du jeu… Mais sur cette chanson, Dina, j'ai senti que tu maîtrisais. Tu avais la bonne attitude. Mon vote est pour toi !

J'ose timidement croire en ma victoire, d'autant que, dans l'e-sport, on dit que quand tu ouvres le score en gagnant la première chanson, tu dois transformer l'essai avec la deuxième, immédiatement, sinon tu perds l'ascendant psychologique sur ton adversaire…

— Une combinaison de vous deux donnerait la parfaite Just Dancer, lance Véronique, la responsable des contenus créatifs qui était déjà jurée l'an dernier. Mais Britney, c'est typiquement ton style, me complimente-t-elle en me désignant.

— Pour Britney, il semblerait que ce soit Dina ! renchérit Olivier. Céline, tu es d'accord avec ça ?

— Oui, confirme la chorégraphe. Sur celle-ci, elle avait les expressions, et c'est un plus.

Je suis aux anges. Aucun compliment ne peut me toucher autant que ceux me comparant à ma Britney.

Et surtout, j'ai gagné ! Je pousse un cri de rage et je saute de joie. Je reviens de si loin, j'ai eu si peur ! Ça y est, je suis parmi les six meilleurs joueurs du monde. Dans trois jours, je devrai faire mon possible pour être « la » première.

En attendant, je veux tout voir, tout savoir du reste de la compétition pour être prête le jour de mon passage. J'encourage mes copains Manu et Diegho, qui terminent victorieux tous les deux. On fête cela au restaurant autour d'une pizza, comme l'an passé. Toujours le même plaisir de retrouver toutes ces nationalités réunies, de profiter d'être ensemble malgré nos différences. C'est puissant, le *team power*[1] : on se soutient les uns les autres. Dans ces moments de compétition, c'est rare et précieux.

Le matin de la finale arrive enfin. Il restera longtemps gravé dans ma mémoire comme le jour où je n'ai jamais été aussi stressée et aussi heureuse de ma vie à la fois.

Nous sommes six et David, l'Allemand, détonne. Non pas parce qu'il est baraqué, mais parce qu'il débarque avec l'unique ambition de voler son titre à Diegho. Il ne joue à *Just Dance* que pour cette raison. Autant dire que ce n'est pas notre pote ! Bien sûr, nous voulons tous le titre, mais pas en marchant sur la tête de l'autre. À part

1. « *Team power* » : expression anglaise signifiant « le pouvoir de l'équipe ».

lui, nous sommes tous solidaires : Manu, le Français, Pamella, Diegho et Kelvin, tous trois brésiliens. Je les aime tous. Mais mon plus grand partenaire reste… Diegho ! Malgré tout, le stress monte. Je suis une vraie pile électrique. Rien ne parvient à me calmer.

Comme chaque fois, j'ai fait mes pronostics. Nous devons tous danser les uns contre les autres sur des chansons dont nous ne connaissons pas l'ordre. Seul le score nous départagera ce matin. Une machine décidera de notre destin sans l'intervention d'un humain. L'angoisse ! Une vraie boucherie. Tout peut arriver. Et rien ne va se passer comme nous l'avions imaginé.

Sur le papier, Diegho devait gagner contre Manu sur *Uptown Funk* de Bruno Mars… et c'est Manu qui se démarque. Je danse contre Kelvin sur la même chanson et je pense avoir l'avantage en prenant la tête au tout début. Fausse joie : au final, c'est lui qui sort premier.

Chaque fois, un grain de sable vient enrayer mes plans. Même le match contre Pamella me fait vivre les montagnes russes. À la regarder, je me dis : *Elle a une tête de moins que moi, elle devrait perdre au score sur* Teacher *de Nick Jonas*. La taille d'un joueur a en effet une grande incidence sur son potentiel à *scorer* sur Xbox. Je ne sais pas si c'est l'excès de confiance qui me fait passer à côté du deuxième puis du troisième « *Gold Move* » mais, là, je crois que c'est fini pour moi. Heureusement, Pamella fait elle aussi plusieurs erreurs. Je suis dans un état de tension extrême. Je ne danse pas par plaisir, je danse pour marquer des points. Je suis mal et j'attends la fin de la chanson avec impatience. Elle arrive... et me sacre victorieuse de cette performance laborieuse !

Je descends de la scène avec l'envie de tuer, tellement je m'en veux de m'être tiré une balle dans le pied. J'ai failli perdre et je ne m'en remets pas. C'est là qu'Hugo, un fan avec qui j'ai échangé plusieurs messages, s'approche de moi au pire moment de ma vie de compétitrice. Je suis dans un tel mal-être que lorsqu'il me salue, pour ne pas paraître impolie, je lui avoue :

— Je ne vais vraiment pas bien, je suis en stress total.

Il me répond avec une douceur réconfortante.

— Écoute, ma belle, donne-moi toutes les ondes négatives que tu peux.

Il ne faut pas me le dire deux fois. J'attrape ses avant-bras et les serre de toutes mes forces pour tout décharger. Je sens qu'il m'apaise. Après l'avoir remercié, je rejoins Diegho et nous restons collés l'un à l'autre pour nous rassurer. Nous vivons tous deux une matinée éprouvante.

C'est le moment de remonter sur scène. Je l'aborde dans un tout autre état d'esprit, puisque c'est la première fois qu'on va officiellement s'affronter, Diegho et moi. Nos sentiments sont partagés : nous avons envie de gagner, et en même temps que notre meilleur ami gagne. Quoi qu'il en soit, ce moment est unique et magique. Et, au fond, je sais bien que Diegho va l'emporter au score. Impossible autrement.

I'm An Albatraoz d'AronChupa à peine lancé, Diegho est déjà en tête. Nous l'avons répété autant l'un que l'autre, mais… la chanson étant très courte, le break annonçant la fin est vite arrivé. Soudain, je ne sais pas ce qui se passe : comme la coach, je tourne sur moi, je fais un *drop*[1] style poupée marionnette et, là, j'entends le « cling » qui se manifeste chaque fois que la couronne change de joueur. Elle est de mon côté ! Je n'ose y croire, mais le public commence à scander : « Dina, Dina ! Vas-y ! » *Non, ce n'est pas possible, Diegho l'a fait exprès !* Je tiens à finir la chanson, alors je jette mes dernières forces dans la bataille et… contre toute attente, je réussis à conserver mon avance.

Lorsque nous descendons de scène, je le regarde, incrédule, et ne peux m'empêcher de lui dire le fond de ma pensée :

— Tu as fait exprès de rater le « *Gold Move* » ?

— Mais non, de quoi tu parles ?

On se sourit. Et j'essaie de me convaincre qu'il dit vrai. Même si je finis par le croire… je garderai toujours le doute.

C'est avec la rage de vaincre que je retrouve Manu pour notre dernier match. J'ai deux victoires et deux défaites à mon actif : si je perds ce duel, c'est fini pour moi. C'est ma dernière chance. Comme je le

1. « *Drop* » : en anglais, signifie « se baisser ».

sais, j'essaie de mettre tous les atouts de mon côté : je demande à Diegho un conseil, n'importe lequel, pour m'aider à *scorer* sur *Hey Mama* de David Guetta avec Nicki Minaj, Bebe Rexha et Afrojack. Il me dit de faire attention au moment du tour, de positionner mon bras en avance.

La chanson démarrée, je me concentre comme jamais. J'applique ses recommandations et je chante en play-back toute la chanson : ça m'aide à rester dedans... et je gagne !

Nous avons tous joué nos matchs et nous nous regroupons autour de Julien Lopez, sur le côté de la scène.

— Pamella, pour toi, ça ne passera pas, je suis désolé. Par contre, les cinq autres, vous êtes à égalité ; il va falloir que je refasse les calculs pour en éliminer un autre, nous explique Julien.

Il va additionner les scores de chacun sur chaque morceau, et celui qui aurait le moins bien *scoré* perdra. Le voilà parti dans des comptes d'apothicaire ; les minutes me paraissent des heures. J'imagine le pire. *C'est mort !* Je suis une vraie boule de nerfs, rien ni personne ne peut me calmer. Voilà que je tremble comme une feuille. J'ai été au bout de moi-même, mentalement comme physiquement, et la tension est telle que je n'arrive plus à la contenir. Je lève les yeux, regarde le plafond et prie :

— Dieu de *Just Dance*, si tu existes, fais quelque chose !

Julien finit par réapparaître. Il n'a gardé que les scores des matchs où les joueurs étaient à égalité. Le temps de comprendre, je réalise que ma prestation minable contre Pamella ne va donc pas être prise en compte. Est-ce que ce sera suffisant ?

— Verdict : le premier, c'est Kelvin, le deuxième, David, le troisième, Diegho et la quatrième... Dina. Désolé, Manu, tu ne passes pas.

Je suis déçue pour Manu, mais soulagée d'un poids immense : je suis en demi-finale !

Il faut un certain temps pour que la pression redescende et que je réalise enfin. Le dieu de *Just Dance* existe donc quelque part ! À nouveau, cette année, je suis la seule représentante féminine encore en lice. C'est... à peine croyable.

Heureusement, mes proches sont là pour m'aider à me remettre de mes émotions. Il faut que je gagne, pour eux qui me voient déjà en haut du podium. Mon mari a préféré assister à la finale d'un autre jeu vidéo en Allemagne. Son absence ne gâche pourtant pas la beauté de cette victoire. Si cela ne compte pas pour lui, c'est dommage, mais c'est ainsi.

Nous recevons vite l'ordre de passage et la playlist. Juste après le déjeuner, Diegho et Kelvin ouvrent le bal de la demi-finale. Diegho gagne. Même si j'apprécie Kelvin, je suis ravie : on s'approche enfin de notre rêve, disputer une finale ensemble ! La balle est dans mon camp, maintenant.

Je vais devoir puiser en moi pour battre David. Malgré la fatigue, le fait de retrouver le public – et le jury ! – me booste. Les chansons sélectionnées me plaisent, et je les ai bien en tête. Nous commençons par *Born This Way* de Lady Gaga. J'ai battu Avery le premier jour des mondiaux sur ce morceau. Je me remémore les remarques du jury pour mettre toutes les chances de mon côté. Je sais que David s'est lui aussi beaucoup entraîné. Que le meilleur gagne ! Malheureusement, sur ce coup-là, c'est lui qui fait la différence au score. Je remporte tout de même le point jury. Reste le public… qui est à fond derrière moi ! Je recueille 88 % des votes. Tout est possible !

Nous enchaînons sur *Animals* de Martin Garrix version extrême. Une des chansons les plus difficiles avec *Circus* de Britney Spears. Moins technique, mais plus physique, en mode « bestial ». *Je peux le battre.* David est brut de décoffrage, moins « propre » que moi dans ses mouvements. Encouragée par les cris du public, j'entre dans le personnage. Bien vu : j'obtiens un meilleur score. Mais le jury est emballé à l'unanimité par le côté animal de David, et sa personnalité colle parfaitement à l'univers de la chanson. Encore une fois, le public va nous départager. Je me tourne vers l'écran… et retiens mon souffle. 89 % en ma faveur… ! Les yeux au ciel, je respire à nouveau. Je réalise soudain que j'en ai fini avec David : il n'y aura pas de troisième chanson.

Il ne me prend pas dans ses bras comme les autres, il me serre simplement la main, en murmurant quelques mots que je ne comprends pas.

À cet instant précis, les idées se bousculent dans ma tête :

1. Je viens de gagner.

2. Je suis en finale.

3 : Je suis en finale avec Diegho.

4 : Soit je suis vice-championne du monde, soit… CHAMPIONNE DU MONDE !

Quoi qu'il arrive, à partir de maintenant, ce n'est que du bonheur ! « Ne lâche rien ! » s'exclament ma famille et mes supporters. Leur amour et leur joie me gonflent le cœur.

J'ai réussi, je ne suis pas un imposteur ! Certes, j'ai échoué au concours en ligne mais, là… je me suis battue et je mérite ma place. Quand je retrouve Diegho, on se jette dans les bras l'un de l'autre, les yeux humides, un sourire immense sur le visage. On l'a rêvé, on l'a fait !

Avant de peut-être nous rejoindre sur le podium, Kelvin doit battre David. S'il y parvient… on recevra tous les trois le cadeau ultime : une semaine ensemble dans les studios d'Ubisoft ! Diegho et moi nous rapprochons de la scène pour encourager notre ami. Leur match se joue sur une seule chanson : *Animals* version extrême. Kelvin gagne au score. Un peu dur pour David, qui a dansé cette choré deux fois d'affilée et est sur les rotules. Ce qui n'échappe pas au jury… Le point va à Kelvin. *Yes !*

Il est temps. France/Brésil : le match rêvé pour le public comme pour nous. Ces quinze minutes qui vont suivre, je désirerai toute ma vie les vivre et les revivre encore.

La finale s'ouvre sur *Circus* version extrême. Je sais que ça va être difficile, mais je suis en mode « bonus ». Dans tous les cas, je serai contente. J'ai envie de décrocher ce titre, mais je suis très fatiguée. *Allez, Dina, bouge-toi !* Quand la musique démarre, la Britney qui sommeille en moi se réveille. Je profite du moment, je kiffe ma *life*. Je mise tout sur l'interprétation. Je me moque du score. L'adrénaline coule dans mes veines et la joie fait battre mon cœur. J'en ai le sourire jusqu'aux oreilles. Diegho aussi. On se lance des regards complices pendant la chanson. Dommage qu'elle se termine si vite… J'aurais voulu prolonger la magie de ce moment éternellement. Retour sur Terre. La console attribue le point à Diegho.

Jason affirme :

— Il est clair que nous avons les deux meilleurs danseurs de *Just Dance* du monde sur scène aujourd'hui !

J'ai le *smile*, à nouveau. Cela représente tellement pour moi.

— Cela se joue à un détail, à mon avis : la passion apportée dans la chanson, poursuit Jason.

Mon sourire s'élargit, tant je suis persuadée que ces mots s'adressent à moi.

— Je donne mon point à Diegho.

Diegho et moi nous dévisageons, les yeux écarquillés. Je mets un instant à applaudir. C'est tout Jason, ça. Il prononce des mots qui semblent te correspondre et, au final, il vote pour ton adversaire. Très perturbant ! Je respecte son choix, mais je ne comprends pas.

— Je voudrais d'abord dire que je trouve ça fou que la vie vous ait réunis tous les deux sur cette scène, parce que je sais que vous êtes amis en dehors de la compétition, commence Véronique.

Elle dénote des erreurs dans l'interprétation de Diegho, des pas exécutés trop vite, une avance sur le rythme… avant de conclure :

— Cette chanson est *girly*, c'est Britney et c'est plus ton style, affirme-t-elle en me regardant.

Un partout. Le choix de Céline, la dernière du jury, va être déterminant.

— Si je dois n'en choisir qu'un sur ce type de chanson, un qui a dansé comme la star, comme Britney… (Silence.) Je pense que Dina est plus convaincante. Diegho, j'adore ta joie. Tu es lumineux. Mais, Dina, mon vote est pour toi.

Le public explose de joie, notamment mon frère, qui crie tellement fort qu'on l'entend à l'autre bout du hall.

Une fois encore, le public tient les rênes de notre destin. Diegho et moi avons maintenant chacun notre communauté. Ça va être serré… Un moment de suspense… et sur l'écran, les résultats du vote Twitter me consacrent vainqueur à 57 % contre Diegho ! Je souffle, soulagée, et porte la main à ma bouche. Diegho se tourne vers moi, me sourit et applaudit. S'il y avait une chanson sur laquelle je voulais gagner pendant cette finale, c'était bien celle-ci ! Dans le regard de Diegho, je vois qu'il comprend. Il est évident pour l'un comme pour l'autre que c'est exactement ainsi que les choses doivent se passer.

Cependant, il ne faut rien lâcher car on enchaîne sur la deuxième chanson, *Animals* version extrême, à nouveau. Je bois une gorgée d'eau, je ramène mes épaules en arrière… le défi va être dur physiquement.

Olivier rappelle l'enjeu de la compétition :

— Ils sont très bons amis dans la vie : Dina est médaille de bronze de *Just Dance*, et Diegho, champion du monde en titre. On a vraiment la crème de la crème…

La chanson défile, je fais de mon mieux. Diegho aussi. Il l'emporte au score, sans surprise. On a à peine le temps de retrouver notre souffle que le jury s'exprime. Véronique explique que la choré a été créée en pensant à Diegho. Elle affirme qu'elle l'a trouvé « monumental » et, même si je me suis extrêmement bien défendue, son vote va à mon adversaire. Céline me remercie de lui avoir fait ressentir des émotions fortes, mais elle confie que l'histoire de cette chanson, à ses yeux… c'est Diegho.

Jason, lui, note que si j'ai fait un départ phénoménal, Diegho a su tenir la distance.

Je comprends toutes leurs remarques. Cette chanson, en quelque sorte, c'est sa Britney à lui ! Il s'est entraîné comme un fou dessus et ça lui a réussi. Pas de secret, le travail combiné à la passion paie toujours. Il empoche le point du jury et donc la chanson.

À égalité, nous pouvons aller au bout de notre duel. Tout va se jouer maintenant, sur la troisième chanson. Je dois avouer qu'à ce moment je pense pouvoir gagner, même si *Drop The Mambo* de Diva Carmina n'est pas mon titre préféré. *Lâche tout, on s'en fiche du score, mets toute ton énergie dans l'interprétation...*

Mes chances de remporter le point de la console sont faibles, il ne faut pas se mentir. Et la fatigue est là. Je vais faire ce que je peux. Je sais juste qu'il faut que je sois extravertie. La silhouette qui apparaît sur l'écran, c'est celle de Medhi Kerkouche. Il a donné le « la »... À moi d'assurer !

Le match commence. Comme prévu, je me rends vite compte que le score n'est pas au rendez-vous. Je décide de relâcher la pression et je fais du play-back. Diegho, lui, libère la diva en lui. Il fait même des *hair flips* avec les longs cheveux qu'il n'a pas ! Quand la dernière note retentit, ce qui devait arriver arriva : Diegho gagne au score.

Je n'aurais pas pu faire plus, ni mieux. Exténuée, j'ai du mal à tenir debout. Diegho, lui, pose un genou au sol. On a bu toutes les bouteilles d'eau mises à notre disposition et on a encore soif. Soif de gagner, aussi !

— C'est très difficile, commence Jason. Pour moi…

Il s'arrête en plein élan et nous scrute à tour de rôle. Je le supplie dans ma tête de mettre fin à ce supplice. *Mais parle, bon sang !*

Il souffle :

— Mon point est pour Dina.

Je n'en reviens pas. Est-ce que… est-ce que je peux vraiment gagner ? Véronique lève le brouillard qui s'est formé dans ma tête.

— Vous avez été tous les deux impressionnants. Mais c'est l'une de tes meilleures performances, Diegho.

Pour elle, c'est la toute première fois que le Brésilien s'est libéré pour coller autant à l'esprit du jeu, à savoir : montrer son grain de folie !

— Un partout ! s'égosille Olivier.

Diegho m'attrape la main. Nous savons tous deux que le vote de Céline peut tout changer, pour l'un comme pour l'autre. La tension est à son comble.

— Je suis allée à la plage, j'ai bu un cocktail et j'ai vu le soleil, plaisante la jurée pour complimenter notre performance. Diegho, il ne te manquait plus que les talons ! Je te donne mon point.

Je me tourne vers mon ami : il est en pleurs. Je suis tellement fière de lui que je me retrouve en larmes aussi. Dans ses bras, je murmure : « Tu l'as mérité ! » Nous l'avons fait : notre rêve est devenu réalité !

— Troisième l'an dernier et vice-championne du monde cette année, pas trop déçue d'être passée si près du titre, Dina ? s'enquit Olivier.

— J'ai réussi à faire mieux. Pour moi, c'est déjà énorme ! Diegho le mérite amplement, donc je suis très contente et très fière.

Olivier tend le micro au gagnant.

— Je voudrais remercier ma famille et mes amis, qui m'ont vraiment aidé. Si Dina n'avait pas été là, je ne serais pas là non plus. J'ai vécu un moment très difficile pendant les qualifications ce matin, et c'est elle qui m'a donné la force de monter sur scène et de donner le meilleur.

Ces mots en portugais, je les traduis et les reçois comme un cadeau. On se regarde et on se sourit.

Lorsque nous nous retrouvons tous sur scène et qu'on me remet ma médaille, je sais ce que le mot « bonheur » veut dire ! Je suis au firmament et je ne peux pas espérer mieux. C'est un des plus beaux jours de ma vie. Je reviens de si loin. J'ai travaillé tellement dur. Mais tous mes sacrifices sont aujourd'hui récompensés. Le plus beau, c'est qu'à travers cette expérience j'ai pu rencontrer des gens formidables et aller au bout de mon rêve. Je suis maintenant et pour toujours vice-championne du monde de *Just Dance*. Vice-championne du monde : ça reste, ça ne périme pas ! Ce titre-là, il sera à jamais à moi. C'est une victoire aujourd'hui, et ça le sera pour toute ma vie.

Dina

Quel que soit ton âge, quel que soit ton rêve : donne TOUT, parce que TOUT est possible !

Flashe ce QR code avec ton téléphone pour découvrir la vidéo de la grande finale de la Just Dance World Cup 2015.

De la magie à la routine

Cette fois, je suis mieux préparée mentalement et ni le « compèt' blues » ni la routine n'accompagnent mon retour à la vie quotidienne.

Peu de temps après la Just Dance World Cup, j'ai de nouveau la chance d'être invitée par Ubisoft Brésil à participer à leur scène lors d'une convention[1] de jeux vidéo. C'est la joie au cœur que je m'envole pour São Paulo rejoindre Diegho. Le Brésil, c'est mon deuxième pays, l'un des endroits où je me sens le plus moi-même. Diegho y est pour quelque chose, cela va de soi. Nous passons toute la durée du séjour à danser, à rire, à tourner des vidéos. La vie est belle ! À ma grande surprise, à des milliers de kilomètres de chez moi, on me demande des selfies, des autographes…

1. « Convention » : terme venu de l'anglais, qui signifie congrès, salon.

Au moment de nous quitter, je repars le cœur léger : je retrouverai bientôt Diegho pour notre cadeau de la Just Dance World Cup !

Les mois suivants, je reprends mon travail à l'institut, toujours en tant qu'ingénieure d'études statistiques. Pourtant, si mon corps est présent, mon esprit est toujours ailleurs. J'ai plus que jamais envie de danser !

Aussi, quand Kayane me met en relation avec des organisateurs d'événements désireux de programmer des animations *Just Dance* sur scène, je fonce. Je sillonne la France, à raison d'un festival ou salon par mois pour commencer.

Bien sûr, je suis encore débutante, et chaque prestation me force à sortir de ma zone de confort. Mais j'y vais à fond : après tout, c'est mon jeu préféré que je présente !

Parmi les premières conventions auxquelles je participe, il y en a une qui me marque : les Geek Days de Lille. C'est la toute première fois qu'on me consacre des séances de dédicaces, une le samedi et une le dimanche.

Je n'en suis plus à ma première fois sur scène, mais je ne suis pas non plus Britney Spears ! J'ai toujours le trac. Cette fois, plus de Kayane pour me seconder : je gère l'animation seule et il y a des centaines de personnes dans le public. Heureusement, mon amie Léa m'accompagne le temps de ce week-end. Juste avant de grimper sur scène, j'échange un regard avec elle, je souffle un grand coup… puis je me lance.

— Bonjour à tous, je m'appelle Dina. Je suis championne de France de *Just Dance* et vice-championne du m...

J'ai à peine le temps de finir ma phrase que le public applaudit. *Ils sont vraiment sympas !* Si tous ces gens sont là, ce n'est pas simplement parce qu'il y a des chaises... peut-être qu'ils m'attendent, moi ?

Pour la première chanson, je me contente de faire une démonstration en solo. Personne n'accepterait de monter sur scène avec moi, j'en suis sûre. Et pourtant... Au bout d'une minute de show, je constate avec joie que certains se lèvent d'eux-mêmes pour aller danser dans les allées. *Fais-toi confiance, Dina !* Pour la suivante, j'ose proposer : « Qui veut danser avec moi ? » Des dizaines de cris enthousiastes me répondent. Quel plaisir ! J'aperçois des sourires sur les visages. Je me sens utile.

L'heure de la première séance de dédicaces arrive. Devant ma photo, il y a déjà une vingtaine de personnes qui patientent.

— Tu crois qu'ils sont là pour moi ? je souffle à Léa.

— À ton avis ? Pour qui d'autre ?

Finalement, je ne vois pas le temps passer. C'est très agréable de rencontrer les gens et d'échanger avec eux. Ils sont si bienveillants ! Et certains m'offrent même des cadeaux !

Ce week-end confirme mon envie : je veux multiplier les scènes, encore et encore !

Parfois, cependant, ce n'est pas aussi simple. Un jour, lors d'un « petit déjeuner » spécial fans pendant le Japan Tours Festival, une jeune femme s'approche. Toujours aussi étonnée qu'on s'intéresse à moi, je l'interroge sur les raisons de son déplacement. Justine m'avoue qu'elle adore danser, elle aussi, mais qu'elle a dû arrêter à cause de problèmes de santé. Son corps a changé, elle se sent mal dans sa peau… Je fais tout ce que je peux pour la rebooster. C'est si triste de voir les gens s'ériger leurs propres barrières ! Ce jour-là, elle ne montera pas sur scène. Mais l'année suivante…

Me voilà revenue à Tours pour faire danser les gens. Je demande qui veut s'entraîner avec moi… Et là, enfoncée dans sa chaise, j'aperçois Justine, la jeune femme qui m'a abordée un an auparavant ! Elle n'ose pas lever la main, même si je lis dans ses yeux qu'elle en meurt d'envie. Après tout, je suis là pour encourager les gens, non ? Je l'invite à me rejoindre et elle accepte, mais je sens qu'elle se force. Je ne lâche pas l'affaire. Elle choisit *It's Raining Men* de The Weather Girls. Nous dansons ensemble, et à la fin du morceau je suis la première à l'applaudir, contente de l'avoir aidée à dépasser sa peur. Cependant elle redescend vite de scène. Tandis que d'autres montent pour jouer à leur tour, je ne peux m'empêcher de jeter un œil du côté de la chaise de Justine. Ce que je découvre me fige sur place : elle pleure ! Je suis sans doute allée trop loin en voulant la pousser… Je me sens mal, bien sûr, et je n'ai qu'une envie, aller la réconforter.

Mais « *the show must go on* », comme dit la chanson : je dois d'abord assurer le reste de l'animation. Je fais ce que je peux pour donner du bonheur aux autres participants jusqu'à la fin de la session, pourtant, je garde l'image de son visage triste en tête. Lorsque, enfin, je peux aller la rejoindre… elle a disparu. Je repars dans les loges la boule au ventre et la gorge nouée.

À force d'enchaîner les conventions, je commence à toucher du doigt un rêve jusqu'alors inenvisageable : vivre financièrement de ma passion. À mes côtés, cependant, je ne sens pas le même enthousiasme dans le regard de mon mari. Il est là sans l'être. Il ne m'accompagne jamais sur les événements et se contente de me glisser parfois un « génial » du bout des lèvres quand je lui raconte mes aventures. Pourquoi ne s'intéresse-t-il pas davantage à ce qui est en train de devenir mon métier ? Plus je m'épanouis, plus je réalise que je le fais… seule. C'est comme s'il voulait me garder prisonnière au sol.

Nous partons en week-end pour nous reconnecter l'un à l'autre, nous faisons des efforts chacun de notre côté… Malgré tout, la flamme semble éteinte. On ne vibre plus l'un pour l'autre. On ne vibre plus *ensemble*. Il faut me rendre à l'évidence : nous tenons l'un à l'autre, mais nous évoluons différemment. Quand on fête nos un an de mariage, ses baisers sont fuyants. Je me sens triste et trouve cela difficile.

Est-ce normal ? Comment le savoir ? C'est ma plus longue relation et mes seuls points de comparaison sont mes parents et grands-parents, unis depuis des dizaines d'années. Je me rassure en me disant qu'ils ont certainement connu des hauts et des bas. Si ma passion n'est plus celle des premiers jours, je l'aime toujours. Alors je continue à faire au mieux.

Pourtant, un jour, il finit par m'avouer qu'il n'arrive pas à me suivre. Qu'il n'y a que ma passion qui compte. J'essaie d'être patiente, je veux juste profiter au maximum. Je fais déjà tout pour lui épargner ma passion : je la vis dans mon coin, sur les heures qu'il passe à la salle de sport avec ses amis. Comment peut-il me reprocher de faire ce qui me plaît tant ?

Un pas doit être fait de chaque côté. Je promets de faire plus attention à lui et, en échange, je souhaite qu'il me laisse m'épanouir dans la voie que j'ai choisie, même si je vois bien qu'au fond cela le dépasse. Pour moi, le secret d'un couple qui dure, c'est la complicité. La nôtre, née avec Britney, s'étiole avec le temps.

Alors que mon couple fait grise mine, c'est comme si la chance me souriait : nous sommes en octobre 2016 et j'ai la chance d'être invitée par Ubisoft Russie à une convention à Moscou ! J'y retrouve Dmitriy, candidat à la Just Dance World Cup en 2014. Lui et son groupe d'amis me réservent un accueil incroyable. On danse, on mange, on rit… Ils m'enseignent quelques mots de russe et je peux enfin voir de mes yeux la fameuse place Rouge. C'est tout ce que j'aime : découvrir de nouvelles personnes et de nouveaux lieux.

Les jours passent avec leur lot de bonnes surprises, jusqu'au retour de la Just Dance World Cup ! Mon objectif : décrocher enfin le titre de championne du monde.

Cette année, contrairement à d'habitude, les qualifications en ligne pour la Just Dance World Cup se dérouleront après la Paris Games Week. Mais il est toujours possible de se rendre sur place pour ravir un des deux titres de champions français... Je m'empresse de m'inscrire au tournoi. Je vais y apprendre l'une des leçons les plus importantes de ma vie.

La compétition est ouverte à tous. Il suffit de se présenter devant la console puis de faire le meilleur score possible sur l'une des quatre chansons proposées pour se retrouver parmi les seize qualifiés pour l'étape suivante. Seuls les points de la console comptent, puisqu'il n'y a pas de jury. Ensuite, ça se joue en *battle* un contre un.

Après une succession de matchs sous tension, je réussis à m'imposer parmi les quatre demi-finalistes. C'est maintenant que tout va vraiment se jouer, sur la grande scène de l'ESWC, celle-là même qui m'a vue devenir championne de France et vice-championne du monde l'année d'avant.

Les duels en « *Best of three* » de cette demi-finale se font au tirage au sort. Le hasard veut que je tombe contre… Hugo. Hugo, ce fan qui m'avait apaisée le jour de la finale il y a un an ! Depuis, il s'est lancé, lui aussi, dans la compétition *Just Dance*. Le voilà en route vers les mondiaux. « Fan » n'est d'ailleurs plus le terme approprié : nous sommes amis… et maintenant adversaires, quoique heureux de jouer l'un contre l'autre.

Je gagne la première chanson, puis la seconde… à onze points près. Serré ! Notre duel s'arrête là. On se prend dans les bras, et Hugo me confie qu'il n'est pas déçu d'avoir perdu. Il a donné le meilleur de lui-même !

Le match de la finale m'oppose à un autre ami : Manu, mon plus grand concurrent puisque, chaque fois, nous nous retrouvons champion et championne de France. Ce jour-là, il n'y a qu'une place pour deux. Que le meilleur gagne !

Nous nous lançons dans le duel avec la même soif de l'emporter. Après deux chorégraphies, nous sommes à égalité. La troisième et dernière chanson, *Can't Feel My Face* de The Weeknd, va nous départager…

Dès le début, je prends la tête. Là, j'y crois. Le dernier mouvement de la chorégraphie arrive, et je suis toujours devant au score… quand soudain, j'entends ce son : le tintement de la couronne. Je n'en crois pas mes oreilles. Comme j'ai le buste tourné, je ne vois pas l'écran. *Non ! Ça ne peut pas être ça. Cette chanson, je l'ai faite cent fois et je n'ai jamais commis d'erreur à ce moment-là. Ce n'est pas possible !* Je scrute l'écran, anxieuse. Les scores s'affichent… Quatre points. Quatre petits points me séparent de la victoire !!! 13 112 contre 13 108. J'ai du mal à comprendre. Je viens de recevoir un énorme coup de massue. Je suis déçue. Pire : j'ai envie de pleurer.

Manu m'attire dans ses bras pendant qu'Olivier continue de hurler avec le public, ahuri. Mes espoirs viennent de voler en éclats. Sur scène, pourtant, je dois garder la face. Olivier me demande comment je me sens.

— C'est le destin, je lui réponds en le regardant droit dans les yeux.

— Tu crois ?

— Oui ! Il n'y a pas de souci. *Hakuna matata.* Je reviendrai.

Ces mots, je les pense. Mais une fois sortie de scène, je craque. Heureusement que mes amis sont là pour me réconforter.

Je ne vais pas en rester là. Impossible ! Je veux comprendre. Le lendemain, je visionne la vidéo de la finale. J'ai bien enchaîné « *Perfect* » sur « *Perfect* » jusqu'au dernier mouvement. Alors ? Soudain, je me souviens de ce qu'on m'a expliqué en anglais durant ma première visite des studios de *Just Dance* : tous les « *Perfect* » ne se valent pas. Cette « mention » peut signifier qu'un mouvement est parfait… ou quasi parfait[1]. Et le nombre de points

1. L'année suivante, Ubisoft modifiera le jeu en créant une nouvelle note exprimant cette nuance entre « *Good* » et « *Perfect* » : « *Super* ».

attribués par la console dépend de cette nuance ! Un détail qui a son importance.

J'avais beau le savoir, le vivre, c'est une épreuve. J'en tire une leçon importante : personne n'est infaillible ou imbattable. Même si tu fais tous les efforts du monde, il se peut que cela ne suffise pas. Il va visiblement falloir que je prouve que j'en veux vraiment… Que j'ai la force, le courage et la persévérance pour y retourner. Encore et encore.

Même si j'ai laissé passer ma chance hier, je compte bien profiter de la Paris Games Week. J'y retourne pour visiter les stands avec mes amis, découvrir le nouveau *Just Dance* qui y est présenté… et recevoir le magnifique cadeau que me fait ma communauté : le prix de la « Gameuse de l'année » aux Coca-Cola Gaming Awards ! Sur la même scène que le désastre de la veille, on me remet un superbe trophée de verre. J'ai demandé à tous mes supporters de voter et de me soutenir… et ils l'ont fait ! C'est un hold-up collectif. Je prends ça comme un message : « Continue, ne désespère pas. »

Alors je continue. Je ne renonce pas à la seconde place de qualifiée française. Oui, j'ai perdu au premier tour, non pas parce que je n'ai pas travaillé, mais parce qu'il existe des subtilités dans le jeu que je ne maîtrisais pas et qui ont reconnu à mon adversaire des « *Perfect* » plus parfaits que les miens.

Les qualifications en ligne durent deux longs mois. À chaque session, dix chansons à disputer d'affilée contre des adversaires connectés, en France et dans le monde. Il faut donner le meilleur chaque fois pour récolter le maximum de points. Pas facile quand les sessions du dimanche tombent à deux heures du matin ! Je combats le sommeil pour danser, danser, danser. Les autres jours, je m'entraîne et note scrupuleusement tous mes scores dans un carnet pour évaluer mes progrès. Je recommence chaque chorégraphie sans relâche jusqu'à obtenir le résultat désiré. J'apprends le moindre geste de chacune des dix chorés, tout est millimétré. Je me mets une telle pression ! Il y a des jours où la fatigue l'emporte. Je perds la foi, la force. Mais mon rêve de devenir championne du monde me revient toujours et balaie tout. Heureusement, ma communauté est là, et les autres joueurs aussi – ça permet de garder le cap et de se booster. Ça me rappelle que si je veux cette place, je dois être la meilleure et ne rien lâcher.

Je ne vais pas vous dire que c'est facile. Non. Je dois jongler entre mon travail à l'institut, les conventions, ma vie de couple, ma vie sociale – quasi inexistante – et les répétitions. Mais ça paie. À partir de la cinquième session, je suis première du classement. Je prie pour que personne ne fasse un meilleur score que moi, tout en continuant de m'entraîner. Me faire dépasser à la dernière minute serait terrible !

Les qualifications prennent fin et, enfin, c'est officiel : je décroche cette place. Me voilà championne de France pour la troisième fois. À moi la compétition mondiale !

Quand je découvre la liste des chansons choisies, je n'y crois pas : vingt-quatre chorés à mémoriser en trois semaines ! Impossible. Je me suis déjà tellement battue… J'ai un instant de découragement et de doute. Toutefois, il passe assez vite. Je sais ce que je veux et je vais me donner les moyens d'y arriver.

Mais c'était sans compter une nouvelle que j'apprends et qui va m'anéantir au moment où j'ai le plus besoin d'être en forme…

Flashe ce QR code avec ton téléphone pour découvrir le vlog dans lequel je raconte ma troisième année de compétition à la Just Dance World Cup.

De la routine à l'enfer

Avant de rencontrer Éric, j'ai eu plusieurs fois le cœur brisé par des hommes qui n'étaient pas ce qu'ils prétendaient. Éric était sincère, lui, j'en étais sûre. Et pourtant…

Un week-end, je me réveille avec l'impression de ne plus reconnaître mon mari.

Tout commence quelques jours après avoir reçu la liste des vingt-quatre chansons pour la Just Dance World Cup. Cela fait un moment que je m'interroge sur notre relation, mais à cet instant j'ai comme un mauvais pressentiment. Éric est de plus en plus distant avec moi. Je sens une forme de malaise. Que se passe-t-il donc ? Je ne suis déjà pas dans mon assiette, car la veille j'ai appris que mon grand-père était au plus mal. Subitement, je suis submergée. C'est trop d'émotions pour moi. Je dois réfléchir. Mettre de l'ordre dans mes idées.

Je ne dors quasiment pas cette nuit-là. Dans ma tête, mille et une questions se bousculent. Je ne suis plus sûre de rien. J'ai l'impression d'être dans une impasse. Arrivons-nous au bout de notre histoire ? Le lendemain matin, je n'arrive plus à me contenir et je lui expose mes doutes. M'aime-t-il encore ? Pourquoi s'est-il éloigné ? Voit-il quelqu'un d'autre ? Un autre ?

Éric devient alors blême et se mure dans le silence. Cette fois c'est sûr, il me cache quelque chose.

Incapable de surmonter cette situation, je m'isole et passe l'après-midi à me refaire le film de notre histoire. Des scènes me reviennent. Je me souviens avoir eu des soupçons par le passé… Déjà, pendant notre tout premier rendez-vous, traumatisée par un petit ami qui m'avait quittée pour un garçon à la fac, j'avais demandé à Éric s'il était sûr de n'être attiré que par les femmes – ce qu'il avait confirmé. Comment en sommes-nous donc arrivés là… ?

Nous ne nous parlons pas de la journée. Ce n'est que le soir que je parviens à rassembler mon courage pour, enfin, balancer ce que j'ai sur le cœur. J'ai besoin de savoir.

Le couperet tombe. Oui, il a une aventure… avec un homme ! Je n'en reviens pas. J'ai la sensation d'être piégée dans un cauchemar. J'ai l'impression de ne plus connaître l'homme assis en face de moi. Je suis bel et bien réveillée, pourtant.

Éric m'assure qu'il m'aime. Rien n'a changé ; simplement, cette rencontre a précipité les choses… et lui-même a commencé à se poser des questions.

Je ne sais pas comment réagir. Je me sens trahie. Depuis quand cette liaison dure-t-elle ? Des semaines, des mois ? Pourquoi n'a-t-il rien dit ? Pourquoi nous sommes-nous mariés ? Cette nuit-là, encore une fois, je ne parviens pas à trouver le sommeil. Je viens de vivre le pire jour de ma vie. Si seulement je pouvais l'effacer de ma mémoire… !

Le lendemain, je dois reprendre le chemin du travail et faire comme si tout allait bien. Avant de s'endormir, la veille, Éric m'a promis qu'il allait changer, se rattraper. C'est peut-être candide de ma part, mais j'y crois. J'espère qu'il va faire ce qu'il faut pour me prouver qu'il m'aime, moi et personne d'autre. Et peut-être j'arriverais à lui pardonner son infidélité.

Je ne veux pas rompre sans avoir compris. Sans avoir pleinement cerné la personne avec laquelle je vis. Je me suis engagée à l'aimer quoi qu'il arrive lors de notre mariage, non ? Je ne trahirai pas mes promesses.

S'ensuivent alors des nuits blanches à répétition, peuplées de discussions à me faire perdre la raison. Éric ne sait plus où il en est. Et moi, dans tout ça ? Je deviens quoi ?

C'est simple : je sombre. J'ai l'impression de vivre dans un monde où tout part en vrille. Au bureau ou sur scène, j'affiche un sourire de façade. Ça peut paraître étrange, mais je préfère tout garder pour moi pour l'instant, puisque je ne sais pas où nous allons, Éric et moi.

Je ne veux pas faire de peine aux gens que j'aime. Je dois faire bonne figure.

Deux semaines avant le début de la troisième Just Dance World Cup, je réussis enfin à reprendre un peu pied. Avec tout ça, j'ai perdu un temps précieux. La longue liste des vingt-quatre chansons à connaître me hante, alors je me remets à l'entraînement. Je me suis trop battue pour faire partie de cette finale mondiale... je ne peux pas lâcher maintenant.

Je répète les chorégraphies le soir, à peine rentrée du travail, parfois jusqu'à tard. Cette fois, je m'entraîne devant Éric. D'ailleurs, pour la première fois de notre histoire, il s'intéresse à mon entraînement et essaie de m'aider.

Pendant ces parenthèses sportives, je m'efforce de mettre de côté l'absurdité de ma situation et je me nourris de la joie que me procure la musique. En vrai, je suis à bout de forces. Je suis bien placée pour savoir que la compétition exige une discipline mentale et physique intense. La passion, le *mood* et l'entourage comptent énormément... et je n'ai rien de tout ça. Je m'éloigne de mes amis, murée dans mon silence pour ne pas éveiller les soupçons. Ils pensent sûrement que je suis fatiguée, absorbée par mon entraînement... Je n'essaie pas de démentir. Je fais de mon mieux pour tout gérer en même temps : ma tête, mon corps et mon cœur.

Une seule chose me pousse à continuer : ma communauté et tous ces gens qui croient en moi. Je sais qu'ils m'attendent. Pour eux, je suis vice-championne du monde, point barre. Ils ne savent rien de ce que je vis. Je ne peux pas les décevoir ! Un soir cependant, je m'effondre. Je n'arrive plus à danser. Je fonds en larmes. *Tu vas tout gâcher, Dina... Relève-toi !*

J'ai tellement envie de donner le meilleur de moi-même... mais à ce moment-là, il n'en reste que des miettes.

Quelques semaines plus tard, pour la première fois depuis nos échanges, Éric a l'air serein. Que s'est-il passé ? Il me confie qu'il fait un travail sur lui-même et qu'il est en passe de s'accepter tel qu'il est.

Je ne sais pas comment le prendre. Cela veut-il dire mettre un terme à notre histoire ? Tout s'embrouille encore plus dans ma tête.

Ça ne se voit peut-être pas sur les enregistrements vidéo de la Just Dance World Cup parce que je me cache derrière un grand sourire, mais c'est le cœur fendu que je monte sur scène cette année-là. Heureusement, une fois avec Diegho et les autres, je retrouve un peu de joie le temps de la compétition. J'ai un objectif, je vais me concentrer dessus et donner tout ce que je peux, comme chaque fois. Histoire que toutes ces heures à répéter, m'entraîner, visionner les vidéos du jeu servent à quelque chose. Parce que *Just Dance*, à ce moment-là, c'est tout ce qui me reste. C'est ma bouée de sauvetage, ma seule échappatoire.

Pour cette nouvelle édition de la compétition, les règles d'élimination ont changé : le point console reste, tandis que les deux autres sont attribués individuellement par chacun des deux jurés en présence. Le public n'a plus le droit de vote. Nous devons toujours nous affronter en un contre un sur trois titres pour accéder au round d'après. Et, cette fois, seul le gagnant aura la chance de visiter les studios d'Ubisoft Paris et de danser sur une chorégraphie inédite qui sera intégrée au jeu. Nous en rêvons tous. Mais rien ne va se dérouler comme prévu.

Mon premier match m'oppose à Charly, treize ans, champion d'Angleterre. À première vue, nous ne partons pas avec les mêmes chances : j'ai plus du double de son âge. Première chorégraphie : il remporte le point console et les deux du jury. Si je suis bien face à un surdoué, pour moi, il bénéficie aussi de l'effet « surprise »… on n'a jamais vu un si jeune compétiteur ! Sur la deuxième chanson, je l'emporte au score, mais… le jury vote à nouveau pour lui. Ma compétition commence mal.

Le lendemain, au petit déjeuner, d'autres compétiteurs viennent me voir pour me demander si j'ai, moi aussi, remarqué des « bizarreries » dans les votes du jury la veille. Ils ont des doutes concernant plusieurs matchs. Pas au top de ma forme, je leur avoue que je n'ai pas prêté attention à ça. Mais à partir de maintenant… je vais ouvrir l'œil.

Lors des matchs suivants, Dicgho, deux fois champion du monde, affronte Umutcan, un de nos fans turcs qui s'est lui aussi pris au jeu de la compétition. Sur *Walk This Way*, mon ami brésilien, toujours à fond, exécute les mouvements à la perfection, jusqu'à ce passage où le danseur descend au sol, pivote sur les genoux et se relève sans les mains. Diegho est brillant ! Umutcan, lui, esquive la difficulté : il ne descend pas et tourne à l'envers. Pour moi, comme pour les autres, Diegho doit gagner haut la main. Les jurys nous donnent raison. *Tout va bien ! Il n'y a pas de raison de s'inquiéter.*

Sur la deuxième chanson, *Better When I'm Dancin'*, Diegho donne le meilleur de lui, enchaînant « *Perfect* » sur « *Perfect* », tout sourire. Même si Umutcan se défend bien, il est, selon moi, moins bon. Diegho fait un score plus élevé. Il ne lui reste plus qu'à récolter un vote du jury pour gagner ce match... mais celui-ci n'arrive pas. L'un après l'autre, les deux jurés déclarent Umutcan vainqueur. Le destin est en train de basculer... Sur la troisième chanson, ils choisissent de nouveau le Turc. Umutcan vient donc de remporter le match grâce au jury.

Ce duel fait parler de lui. L'incompréhension plane parmi bon nombre de compétiteurs. Nous scrutons tous les résultats des matchs suivants avec une attention nouvelle. Nous commençons sérieusement à penser que les choses ne se déroulent pas comme elles le devraient.

Pour moi, la compétition s'arrête avant la demi-finale. Je termine parmi les dix meilleurs danseurs du monde.

C'est honorable, mais je ne me démarque pas comme les années précédentes. Quelque part, je suis soulagée : je n'étais honnêtement pas en état de faire plus. J'ai donné ce que je pouvais et, vu ma situation, je suis contente de ma performance.

Pour mes amis Diegho et Manu, l'aventure continue. Le dernier match avant la demi-finale les place l'un contre l'autre. Diegho en ressort vainqueur. À l'issue du duel, je surprends à quelques mètres de moi les deux jurés en pleine discussion. Même si je n'entends pas ce qu'ils disent, ils ont clairement l'air de se disputer. Parce qu'ils ne sont pas d'accord sur le gagnant de ce match ? L'un a l'air de reprocher à l'autre ses votes.

Je ne sais plus quoi penser. Je ressens un grand désarroi face à ce qui se joue sous mes yeux. Décidément, beaucoup de mes certitudes volent en éclats ces derniers temps.

En demi-finale, Umutcan assure. Mais alors qu'il s'impose sur les deux premières chansons au score, les jurys en réclament « une troisième », sans donner d'arguments techniques. L'incompréhension est lisible sur le visage des joueurs sur scène. Pourquoi ne pas simplement déclarer vainqueur le plus méritant ?

Sur la dernière chanson du match, je ne sais si c'est le fait du stress ou d'un manque d'orientation, au lieu de faire les pas en arrière comme le coach du jeu, Umutcan les exécute en avant. Bien sûr, nous commettons tous des erreurs, mais on ne devient pas champion du monde de *Just Dance* en faisant le contraire de ce que la chorégraphie requiert. Lorsque Hian, son adversaire, remporte le point de la console, l'issue du match semble évidente. Barbara, l'une des jurées alors directrice des chorégraphies, prend la parole.

— Cette choré étant plus technique, je donnerais mon point à... Umutcan, parce qu'il a vraiment été très précis sur chaque mouvement. C'était parfait.

Moi qui n'ai rien manqué de leur prestation depuis le public, je crois m'étouffer. Avons-nous vu la même performance ? Le pire, c'est que la même scène va se rejouer lors de la grande finale : Umutcan sera sacré Just Dance World Champion en faisant exactement la même erreur...

Face à autant d'incompréhensions, la compétition cette année me laisse un goût amer. Je suis d'autant plus déçue que j'ai sacrifié beaucoup pour en arriver là... Bien sûr, chaque joueur a été méritant mais, gagnants comme perdants, nous sommes nombreux à nous interroger sur le déroulé de cette édition.

Je fais part de mon ressenti et de celui de mes camarades aux organisateurs, qui m'écoutent et tentent de me rassurer en me disant que nos soupçons ne sont que le fruit de coïncidences. J'aimerais les croire...

Ce n'était pas ma meilleure compétition, mais mon rêve de décrocher le titre ultime brille toujours dans un coin de ma tête. En revanche, dans mon cœur, c'est le chaos. Et plus les jours passent, moins la situation est tenable.

J'aimerais consacrer du temps et de l'espace à Éric, mais je suis à bout de forces. Je *dois* savoir où on en est. Un soir, n'y tenant plus, je lui pose la question. Et la vérité éclate au grand jour. Il a beau tenir à moi, il ne peut plus m'aimer en tant que femme et ne veut plus rester avec moi.

J'ai besoin de m'asseoir. Je l'attendais, cette révélation et, en même temps, ça fait affreusement mal. J'ai l'impression de m'être voilé la face, d'avoir été trop naïve...

Un mois et demi. Il lui a fallu un mois et demi pour me dire tout ça. Pendant ce temps, moi, j'ai pris sur moi. Et voilà qu'il met un point final à notre histoire. Tous les espoirs vains auxquels je me suis raccrochée volent en éclats. Ça y est, je réalise : nous deux, c'est FINI.

Je remonte le fil de notre histoire et j'ai le sentiment d'avoir été bernée dès le premier jour. Que de temps perdu ! Je lui en veux tellement. Je me sens brisée.

— Je ne veux plus te voir, je lâche.

Nos vies se séparent à jamais. Je le comprends désormais avec certitude, je n'arriverai pas à lui pardonner. Je lui souhaite toutefois d'être en phase avec lui-même, car c'est la seule manière d'être vraiment heureux.

Notre rupture me fait perdre confiance en moi. Sans parler des doutes sur ma féminité, sur ma capacité à attirer les hommes... Bref, je suis anéantie. Tout simplement anéantie.

Enfin, je prends le parti d'en parler à mon amie Léa. Je me suis si souvent retenue de lui dire que je n'allais pas bien ! Nous allons nous asseoir sur un banc dans le square à côté du bureau. Et je lui raconte toute l'histoire, tremblante comme une feuille. D'abord, elle est sous le choc. Elle a l'air un peu vexée de n'être mise au courant que maintenant. Et puis, je vois qu'elle comprend pourquoi je n'ai rien dit. Elle *me* comprend.

Vider mon sac m'enlève un poids gigantesque. Je me confie ensuite à Manou, qui me rassure aussi par ses mots, sa présence et son non-jugement. Leur bienveillance m'incite à révéler à mon entourage que je me suis séparée. Au moment d'annoncer à mes parents que le superbe mariage qu'ils ont payé est déjà parti en fumée, je me sens coupable. Mais, là encore, ils savent trouver les mots justes. Ils me soutiennent.

Pouvoir partager ma tristesse m'aide énormément. À digérer. Guérir. Me reconstruire. Et retrouver la joie de vivre. D'autant qu'il me faut faire sans les Nems ; quand un couple se sépare, les amis ont beau « ne pas vouloir choisir », c'est difficile de ménager l'un et l'autre. Éric, qui était très lié aux uns et aux autres, les voit plus souvent que moi. De fait, je suis exclue la plupart du temps. C'est dur à accepter, même si je comprends leur réaction, et je le vis presque comme une double séparation.

Mon mariage terminé, je me bats chaque jour pour remonter la rampe. Un pas après l'autre, j'avance en tâchant de garder la tête haute. Il le faut, je me le suis promis : en aucun cas je ne laisserai cette séparation faire de moi une personne amère. J'ai des rêves à réaliser… et une vie pour les vivre.

À partir de là, je passe en mode « survie », et *Just Dance* est ma salvation, ma bouée de sauvetage, mon refuge. Le jeu a toujours été à mes yeux un vecteur de bonne humeur, de positif, de joie, de partage, d'inclusion, de bonnes *vibes*[1]. Dans ce moment, le pire de ma vie, il va l'être plus que jamais. Partager *Just Dance* avec ma communauté me redonne de la joie et la démultiplie. Si la plupart des gens ne savent pas ce que je traverse à cette période-là, leur parler, voir leurs sourires, leur énergie, pouvoir danser avec eux… m'aide dans mon processus de guérison plus que tout autre chose. En ça, oui, je crois qu'on peut dire que *Just Dance* m'a sauvé la vie.

Flashe ce QR code avec ton téléphone pour découvrir la vidéo de mon match contre Charly lors de la Just Dance World Cup 2017.

1. « *Vibes* » : « vibrations » en anglais.

Du désespoir… au bonheur retrouvé

Libérée de ces liens qui m'étouffaient, je peux enfin recommencer à vivre.

Un jour tout à fait comme un autre, aux alentours de seize heures, je reçois LE message qui va changer le cours de mon existence. Bien sûr, je n'en ai pas encore conscience.

« Chère Dina,

Pour te remercier de ta contribution à la communauté *Just Dance*, nous sommes heureux de t'annoncer qu'Ubisoft t'a sélectionnée en tant que Star Player ! Tu pourras nous rejoindre cette année à l'E3[1] qui se tiendra à Los Angeles, en Californie. »

---

1. « E3 » : « *Electronic Entertainment Expo* », « exposition de divertissements électroniques », en français, est l'un des plus grands salons internationaux du jeu vidéo.

Je lis et relis l'e-mail plusieurs fois… jusqu'à exploser de joie. *YEEEEEES !* Des années que j'attends de devenir Star Player[1]. Diegho, Manu et Avery ont déjà eu cette chance et, chaque année, j'avais le seum de ne pas faire partie des élus, moi aussi. Mais la vie est bien faite ! Elle m'offre ce cadeau au moment où j'en ai le plus besoin, le lendemain où Éric a claqué la porte de notre appartement. J'ai été choisie, reconnue par Ubisoft. Je ne pouvais pas rêver plus belle récompense !!! Encore deux mois de patience et je vais représenter *Just Dance* dans une ville que j'adore.

Entre-temps, je continue d'animer des scènes dans des conventions ou des événements qui me reboostent. Comme cette fois où je fais danser le YouTubeur Squeezie avant de terminer par un bras de fer avec Cyprien… C'est l'un des premiers primes sur LeStream, leur toute nouvelle Web TV : trop cool !

Après un reportage de M6 sur la compétition, la télé continue de s'intéresser à moi : en l'espace de quelques semaines, je participe à *C'est au programme* sur France 2 et au *Mad Mag* sur NRJ12. On me propose même d'intégrer le casting de *Secret Story* avec un secret lié à mes titres de championne ! Je refuse – je ne veux pas être

1. « Star Player » : « joueur vedette », en français. Les Star Players sont des personnes très investies dans la communauté de leur jeu préféré, qu'Ubisoft choisit de récompenser en les invitant aux plus grands événements de jeux vidéo.

connue pour de mauvaises raisons. Et puis, si je dois participer à une émission, j'aimerais plus que tout faire un jour *Danse avec les stars*... !

À l'extérieur, j'ai l'air d'aller bien. À l'intérieur, c'est plus compliqué... Heureusement, je suis bien entourée. J'appelle régulièrement Hugo, parfois en pleine nuit. Il comprend que dormir seule chez moi m'angoisse. Je passe le plus de temps possible avec mes amis et ma famille. En me redonnant goût aux autres, ils me permettent de retrouver confiance en moi. C'est décidé : je vais reprendre les rênes de mon destin et faire un pas de plus vers l'existence dont je rêve : désormais, je ne travaillerai plus qu'à quatre-vingts pour cent à l'institut. Un temps de travail partiel... pour davantage de *Just Dance* !

Los Angeles et l'E3 me voient débarquer le sourire jusqu'aux oreilles. Ce n'est pas la première fois que je viens dans cette ville mais le charme opère toujours autant. Rien que le bâtiment du Convention Center, là où a lieu le salon, est hallucinant. Des buildings aux cocotiers, tout est juste incroyable dans la Cité des anges !

À peine arrivée chez Rosalia (devenue une amie depuis notre duel sur la scène de l'ESWC), la folie *Just Dance* s'empare de nous. Nous nous amusons à tourner un *gameplay* en cosplay de *Don't Let Me Down*, de The Chainsmokers. Le lendemain, nous retrouvons les six autres Just Dancers invités pour l'événement. On se connaît tous grâce à la Just Dance World Cup ou aux réseaux sociaux, ce qui présage un joli moment. Ubisoft a déjà fait notre planning. Le soir, avec les joueurs d'autres jeux de la marque, nous participons à la soirée *icebreaker* organisée dans un lounge. Elle porte bien son nom : elle permet de briser la glace... et de faire de belles rencontres !

Je ne suis pas au bout de mes surprises : ce soir-là, l'équipe de *Just Dance* nous annonce qu'en plus des festivités prévues pendant l'E3, nous, les Star Players, allons enregistrer des séquences pour une chanson qui figurera dans le prochain jeu... OH. MON. DIEU ! Je vais enfin apparaître dans *Just Dance* !!! D'ordinaire, ce privilège est réservé au seul champion du monde. Nous n'avons pas plus de détails que ça, mais je n'en reviens déjà pas.

Le lendemain a lieu la grande conférence annuelle d'Ubisoft. Un autre moment privilégié, puisque l'entreprise y révèle les jeux à venir... y compris un nouveau *Just Dance* ! L'annonce est soignée : c'est un vrai show sur scène, avec lumières, danseurs, costumes. Émerveillée comme une enfant, je suis aussitôt propulsée dans la magie de mon jeu préféré. L'univers *Just Dance* prend vie devant mes yeux. Et ce n'est pas tout ! Soudain, la chanteuse Bebe Rexha débarque sur scène. On se regarde, les Just Dancers et moi, les yeux écarquillés. Quel moment incroyable !!! Elle chante et danse en avant-première son morceau qui paraîtra dans *Just Dance 2018* quelques mois plus tard, *The Way I Are (Dance With Somebody).*

Pendant la convention, j'aurai d'ailleurs la chance de la rencontrer en personne... De quoi me faire kiffer davantage sa chanson ! C'est décidé : de retour à Paris, je ferai ma propre vidéo dessus.

Après la grande conférence, l'équipe d'Ubisoft nous conduit dans un des studios du mythique Millenium Dance Complex. Entre ces murs, une foule de célébrités ont conçu les chorégraphies les plus iconiques au monde. Là, un chorégraphe nous annonce qu'il va nous apprendre les pas d'une chanson créée spécialement pour *Just Dance* et qui deviendra l'hymne du jeu : *All You Gotta Do (Is Just Dance)*. Ils NOUS veulent dans la *map*[1] : Rosalia, Kelvin, Pamella, Aazzlano, Cadu, Niji, Carrie et moi ! On comprend mieux pourquoi l'équipe nous a demandé, « au cas où », d'apporter nos affaires de danse ce matin… Après les répétitions, nous tournons dans la foulée une vidéo sur un fond vert. Nous serons intégrés dans le décor du jeu !

Le reste du séjour défile à une vitesse… ! Pas un jour sans *Just Dance*. Nous dansons « notre » choré dans les endroits les plus magiques de Los Angeles : la plage de Santa Monica et The Griffith Observatory, tout près du célèbre panneau « Hollywood ». Notre groupe a aussi son heure de gloire : tous habillés en coachs de *Just Dance*, nous sommes invités à nous produire sur la scène

1. Dans *Just Dance*, chaque musique a une « *map* » : c'est la vidéo de présentation du coach, dont le joueur doit reproduire la chorégraphie.

d'Ubisoft dans l'E3. Évidemment, je porte le cosplay de *Circus* de Britney. Il y a tellement de monde face à nous, c'est impressionnant ! Ces souvenirs resteront à jamais gravés dans ma mémoire.

Le dernier jour, je suis d'humeur à me faire belle et je me sens bien. Je décide donc de porter ma jupe préférée, bleu nuit avec des constellations – la *galaxy skirt*, comme je l'appelle. Tous les Star Players Ubisoft ont rendez-vous au lounge pour une session questions/réponses avec Yves Guillemot, le P-DG de l'entreprise. Les gameurs des autres jeux accaparent la conversation jusqu'à ce que je réussisse enfin à poser la question qui me brûle les lèvres :

— Est-ce qu'on peut s'attendre à ce que *Just Dance* continue à sortir tous les ans ?

— Tant qu'il y aura des joueurs et que le jeu se vendra, je ne vois pas pourquoi cela s'arrêterait, répond Yves.

Belle réponse ! Rassurée, je peux profiter de mes derniers instants ici. Il y a justement une borne *Just Dance 2018* sur laquelle tous les Just Dancers se précipitent. On ne fait que danser, danser, et encore danser ! Les autres joueurs nous regardent l'air de dire : « Ils ne sont jamais fatigués ? »

Au moment de partir, alors que je m'apprête à entrer dans l'ascenseur, un jeune homme s'approche de moi, tout de noir vêtu, lunettes de soleil sur le nez. Il me lance :

— *So, you're the fucking champion*[1] ?

1. « Alors, c'est toi, la fameuse championne ? »

— *I am a champion of* Just Dance, *yes. For the fucking, I don't know…*[1] je réplique avec répartie. Et toi, tu es… ?

— Star Player sur *The Crew*.

Je ne l'avais pas remarqué jusque-là. Mais le fait qu'il m'adresse ces quelques mots sans même un « bonjour » ni un « ça va ? » me surprend et attire mon attention malgré moi. Quel culot ! J'ai à peine le temps d'y repenser que les autres me rejoignent pour rentrer à l'hôtel.

Quelques heures plus tard, nous voilà à la soirée de clôture d'Ubisoft, dans un club privatisé pour l'occasion. Tous les salariés sur place et les partenaires de l'entreprise sont là. Il doit y avoir plus de mille personnes ! Pour l'occasion, Ubisoft a sorti le grand jeu : tapis rouge, deux *photocalls* à l'entrée, une salle immense, un jardin, deux DJ, un groupe de musique et quatre bars avec boissons à volonté. Bien entendu, nous ne nous faisons pas prier pour investir le *dancefloor*.

Au milieu de la foule, j'aperçois l'inconnu aux lunettes noires avec les autres Star Players de *The Crew*. Il se trémousse sur la piste. Petit à petit, il progresse vers le cercle où je suis. Parmi tous ces danseurs aguerris, il tente d'esquisser quelques pas pour essayer d'attirer mon attention… Il cherche mon regard… Je vois bien que la danse, ce n'est pas son truc. Il n'a pas l'air très à l'aise,

---

1. « Je suis championne de *Just Dance*, oui, pour ce qui est de fameuse… je ne sais pas. »

mais je trouve ça mignon. Je suis touchée qu'il fasse l'effort de danser pour moi.

Nous reprenons la conversation commencée près de l'ascenseur. Il est plutôt sympa. Quand Rosalia m'attrape par le bras (« Tu viens, on va chercher un nouveau verre ? »), j'en profite pour lui demander ce qu'elle pense de lui, comme ça, pour sonder. Elle me répond alors : « *He's cute*[1]. » Moi, je ne sais pas trop... À peine suis-je de retour sur la piste de danse que le joueur de *The Crew* me propose d'aller discuter cinq minutes dans le jardin. Pourquoi pas ? C'est l'occasion de lui demander comment il s'appelle...

— Drew[2].

Hein ? Avec le bruit ambiant, je ne comprends rien. *Pourquoi il me parle de dessin ?* Je dois lui reposer la question quatre fois avant de saisir :

— Andrew.

— D'où tu viens ? je questionne encore, certaine qu'il est américain, vu son accent.

— De Roumanie.

Il se débrouille super bien en anglais. Lui n'a pas à me demander mon prénom, il le connaît déjà. Après notre rencontre près de l'ascenseur, il a jeté un œil au livret d'Ubisoft, dans lequel tous les joueurs sont répertoriés. Décidément, ce garçon est plein de surprises. J'ai envie

1. « Il est mignon », en anglais.
2. « *Drew* » : terme signifiant « dessiné » en anglais.

de le tester. Comme c'est plutôt agréable d'échanger ensemble, nous sortons devant le club, loin du brouhaha, afin de parler plus au calme. Je choisis de me montrer telle que je suis.

— Pour moi, ce qui compte, c'est de faire les choses à fond, tant pis si ça me rapporte peu d'argent. Je suis hyper perfectionniste… Je suis prête à ne dormir que trois heures par nuit pour obtenir la vidéo que je veux.

— Moi aussi, j'aime les choses bien faites. La passion, c'est ce qu'il y a de plus important.

Là, j'avoue que je suis bluffée. Quand il ajoute : « On n'a qu'une seule vie, il faut en profiter », je le dévisage en me disant : *C'est dingue ! Ces mots-là, j'aurais pu les prononcer.* Moi qui pensais le faire fuir, je réalise qu'au contraire je l'attire. Il me plaît aussi. Très bien, on va jouer cartes sur table et voir ce qu'il a dans le ventre.

— Tu sais, les choses sont plus compliquées qu'elles en ont l'air. Je suis mariée.

Combien auraient sorti une phrase toute faite pour ne pas perdre la face, du genre : « T'inquiète, je ne suis pas jaloux » ? Pas lui. Il rétorque :

— Écoute, si tu es ici et maintenant avec moi, c'est qu'il y a une bonne raison.

Intelligente et non intrusive, sa réponse achève de me conquérir. Il s'avance vers moi et, dans cette *alleyway*[1] de L.A., nous nous embrassons…

---

1. « *Alleyway* » : terme signifiant « ruelle » en anglais.

Après, nous rejoignons les autres et profitons de la soirée jusqu'à ce qu'il soit l'heure de prendre la dernière navette pour l'hôtel. Dans l'ascenseur, il me propose de venir dans sa chambre un moment. Il doit partir à l'aéroport à quatre heures du matin. J'accepte. Qu'est-ce que je risque ? Je sais quelles limites je ne veux pas franchir. On passe les quelques heures qu'il nous reste simplement étendus l'un à côté de l'autre, à parler, s'enlacer et s'embrasser. Peu à peu, je me rends compte qu'il n'a pas autant confiance en lui qu'il voudrait le laisser paraître. Finalement, il cache un cœur sensible… Et ça, ça me parle. Au milieu de la nuit, comme convenu, il s'en va. Sur le pas de la porte, nous nous embrassons une dernière fois sans rien nous promettre. Sans même échanger nos numéros.

Quelques heures plus tard, je prends moi aussi mon vol avec l'idée que notre histoire se terminera sûrement avant d'avoir commencé. Elle a été belle, mais elle ne survivra pas au lever du soleil.

En posant le pied sur le sol français, complètement chamboulée par le *jetlag*, je rallume mon téléphone, et là… j'ai la surprise de voir qu'un certain Andrei – Andrew n'est que la version anglaise d'Andrei – m'a envoyé un message sur ma page Facebook et sur Twitter. Il m'a cherchée… et trouvée ! Nous échangeons aussitôt nos coordonnées. Dès le lendemain, il m'appelle. Bizarrement, je ne suis pas mal à l'aise. Notre conversation dure des heures ! Le jour suivant, il téléphone de nouveau. Nous nous remémorons le soir de notre rencontre. Il me confie que ma *galaxy skirt* et mes cheveux blonds virevoltant au rythme de la musique l'ont immédiatement attiré...

On s'entend super bien, néanmoins je ne me fais aucune illusion : il habite en Roumanie, moi, à Paris. Une relation à distance ne m'intéresse absolument pas. L'absence, le manque, les séparations... non merci ! Pourtant, Andrei ne lâche rien. Sans me mettre la pression, il devient présent au quotidien, à l'écoute. Nous apprenons à nous connaître et je dois me rendre à l'évidence : je l'apprécie de plus en plus.

J'ai Hugo au téléphone quelques jours plus tard. Je lui raconte mon séjour sans parler de ma rencontre. C'est sans compter son flair : « Toi, tu me caches quelque chose ! » Je finis par cracher le morceau. Il a alors le réflexe qu'ont tous les amis qui vous veulent du bien : il me met en garde.

— Tu es sur une pente glissante, Dina.

— Ça va, on ne fait que discuter, je tente de le rassurer.

Est-ce que je ne chercherais pas plutôt à me rassurer moi-même... ?

— Les relations à distance, c'est un mauvais plan. Tu l'as déjà vécu, tu attends prostrée dans ton coin et tu souffres la plupart du temps.

— T'inquiète, je sais. Je ne pense pas que ça ira plus loin, j'ajoute – sachant au fond de moi qu'Andrei m'attire déjà plus que je ne veux l'admettre.

Ma vie prend un nouveau cours, avec Andrei au bout du fil tous les jours. Si j'ai essayé de le dissuader de s'attacher à moi, je ne suis plus sur mes gardes et me laisse aller. Il dit vouloir venir me voir en août. Soit ! Nous verrons bien. Plus le temps passe, plus nous nous rapprochons.

Un soir, alors qu'on parle de tout et de rien depuis une semaine non-stop, je sens qu'on peut tout se dire, lui et moi. Andrei est assez ouvert d'esprit pour tout entendre. Je tiens surtout à être honnête avec lui. Il faut qu'il sache à quoi s'attendre. Je lui balance tout, y compris ce que j'ai vécu avec mon mari. Je suis cash : j'ai été brisée en mille morceaux et je ne veux pas faire semblant d'aller bien. En lui révélant ce pan de mon passé, je suis convaincue qu'il va lâcher l'affaire et s'éloigner. C'est mal le connaître…

Pendant plus d'une heure, il m'écoute avec attention, il me rassure. Il est si compréhensif, c'est fou ! Devant une si grande blessure, d'autres mecs prendraient leurs jambes à leur cou. Pas lui. Au contraire, il se confie à son tour et me raconte son ex infidèle ; la vie ne l'a pas épargné non plus. C'est incroyable de voir à quel point nous pouvons être nous à mille pour cent et parler de tout sans tabous, sans peur d'assumer nos blessures.

Qui voudrait vivre loin de la personne qui l'attire ? Pourtant, quand on y est forcés, on en sort grandis. La distance nous renforce. Elle devient notre alliée, nous pousse à apprendre à nous connaître sans jamais avoir l'autre en face de soi. Moi qui ai toujours cherché à sortir avec des garçons dont je partageais les centres d'intérêt, je réalise que ce n'est pas le plus important. Andrei et moi sommes différents, ce qui ne nous empêche pas d'avoir les mêmes valeurs et la même vision de la vie.

C'est plus fort que moi… j'espère maintenant que notre histoire nous mènera quelque part.

Tous les deux, on ne se lâche plus. On s'envoie des photos et des messages à longueur de journée. On passe nos soirées en visio, jusque tard dans la nuit. On ne s'ennuie jamais ensemble… et, sans s'en rendre compte, on tisse une relation sérieuse et fusionnelle.

Un jour, alors que nous discutons, je mentionne la vidéo que j'ai tournée avec Rosalia en arrivant aux États-Unis, le *gameplay* de *Don't Let Me Down*. J'ai à peine évoqué le sujet qu'il se propose de faire le montage. Je ne suis pas sûre de vouloir que quelqu'un d'autre s'en occupe. Je suis très, très exigeante, perfectionniste, et je…

— Envoie-moi les fichiers, s'il te plaît ! insiste Andrei. Si ça ne te convient pas, tu le referas.

— D'accord…

Quelque temps plus tard, je reçois la vidéo. Waouh ! Le résultat est bluffant.

Même dans le domaine professionnel, cet homme est à la hauteur de mes attentes. Un pas supplémentaire est franchi de mon côté. J'aime de plus en plus cette personne que je découvre pleine de ressources et de surprises.

Jour après jour, Andrei recolle les morceaux de mon cœur. J'avance pas à pas vers ma nouvelle vie, dans laquelle *Just Dance* prend encore davantage de place. Je ne rate aucun rendez-vous avec le Just Dance Club France. Toutes les occasions sont bonnes pour danser avec les autres.

Nous sommes l'été 2017, la nouvelle Just Dance World Cup vient d'être annoncée et la Japan Expo ouvre ses portes. J'y anime plusieurs scènes mais Ubisoft ne m'a pas choisie pour faire vivre la sienne. Déterminée à leur prouver que je sais faire danser les foules, je réussis à les convaincre de me laisser animer deux heures par jour, bénévolement.

Et dans la foulée, les qualifications en ligne arrivent. Comme chaque fois, je donne le meilleur de moi-même. Mais, cette année, ça ne marche pas. Seuls les quatre premiers sont sélectionnés ; j'échoue à la cinquième marche du podium. J'avais l'envie de réussir… mais moins la force. Je me suis blessée au genou lors du dernier Mud Day et, malgré les séances de kiné, je récupère trop lentement à mon goût. Et je dois avouer que, contrairement aux années précédentes, j'ai besoin de souffler et de profiter de ce mois de juillet avec ma famille et mes amis. Andrei occupe toutes mes pensées. Je n'ai qu'une envie : le retrouver.

Cela fait un mois et demi qu'on se parle et nous avons déjà l'impression d'être « ensemble ». Nous n'avons pas encore officialisé les choses mais, au fond, on sait ce qu'on ressent l'un pour l'autre... Plus le temps passe, plus je suis impatiente de le revoir. Avant qu'il vienne, toutefois, il faut qu'il prenne conscience que mon quotidien est chargé. Je compte bien vivre ma vie de folie et je n'ai en aucun cas l'intention de changer. Pas question de m'excuser sans arrêt auprès de mon amoureux comme je le faisais avec Éric ! Cette fois, je dois m'assurer que ce partenaire est le bon. Quitte à lui faire peur, je lui décris mes journées : « Tu sais, je n'arrête pas une seconde, entre mon travail, les conventions où j'anime le week-end, les tournages vidéo, les entraînements de la Just Dance World Cup... » C'est loin de dissuader Andrei, qui a réponse à tout – et quelle réponse ! Il me promet qu'on surmontera ces moments difficiles ensemble. Qu'il s'adaptera et qu'il me soutiendra. Que si je suis là pour lui, il le sera pour moi. Indéfectiblement. Là, c'est sûr : il tient à moi. D'ailleurs, il sera là bientôt. Pour cinq jours.

Je compte les jours comme une gamine. Fan de la série *Catfish : fausse identité*[1], je me fais des milliards de films plus dramatiques les uns que les autres. Même si

1. Dans cette série, les présentateurs aident les gens à faire la lumière sur la relation longue distance qu'ils entretiennent avec une personne qu'ils n'ont jamais vue, généralement rencontrée sur les réseaux sociaux. « *Catfish* » signifie « usurpateur ».

je l'ai déjà vu et que je suis certaine que c'est une belle personne, qui nous dit que ça va fonctionner en vrai ? Et si cette « flamme » qu'on a connue à Los Angeles avait disparu ? Si on ne se plaisait plus physiquement ? Je mets une montagne de barrières autour de cette relation pour ne pas me faire d'illusions. J'ai le cœur encore si fragile... je ne survivrai pas à une nouvelle déception. Comme toujours, Andrei est le moteur de cette relation et, là encore, il parvient à me rassurer.

— Si, quand tu me vois, il n'y a pas l'étincelle, on avisera !

Il m'épate. Il a un tel optimisme ! Il ne recule devant rien.

Le jour J, à la gare routière, je trépigne en guettant l'arrivée de son bus. J'ai hâte de le retrouver et, en même temps, je suis pétrie de doutes. *Ne t'enflamme pas !* me dicte ma raison. *J'ai hâte d'être dans ses bras*, me souffle mon cœur. Son bus arrive enfin... Et dès qu'il en sort, tout disparaît. Mon cœur explose. Je cours à sa rencontre. Deux mois se sont écoulés mais c'est comme si je l'avais toujours connu. Je l'ai dans la peau, je n'y peux rien ! La pression retombe tout de suite. Nous avons déjà tissé des liens si forts que nos esprits sont connectés. Il est l'heure de commencer à nous aimer pour de bon ! On fait tomber les dernières barrières et on se dit enfin les mots « Je t'aime... »

Nous vivons dix jours magiques, entre plage et ville, à rire et à nous aimer. Oui, dix : nous sommes si bien ensemble que nous reculons son départ. Nous en profitons pour tourner notre première vidéo à quatre mains, *Side to Side*. Andrei gère la caméra, et moi, je danse !

Quand il repart, il laisse un grand vide. Voilà ce qui me faisait si peur : le manque ! Une chose est sûre : avec ses mots, ses attentions, il a réussi à me redonner confiance en moi. Je me sens belle à nouveau, désirable et désirée.

Nous reprenons nos coups de fil quotidiens, et moi, ma vie à un rythme effréné. Mais c'est trop dur ! On ne tient plus, alors on s'organise. Deux semaines après notre séparation, il revient enfin… juste à temps pour me soutenir pour le Just Dance Day.

Flashe ce QR code avec ton téléphone pour découvrir le gameplay *sur* Don't Let Me Down *de The Chainsmokers que nous avons réalisé avec Rosalia. Et Andrei s'est chargé du montage !*

Un moment de doute… avant une nouvelle vie

Ce matin de septembre 2017, les candidats se pressent aux portes du Marriott, l'hôtel parisien qui accueille le tout premier Just Dance Day. Cette journée organisée par Ubisoft donne l'occasion à trois joueurs supplémentaires d'accéder à la finale nationale (quatre s'étant déjà qualifiés *online*). Aucune préinscription requise, tout se passe sur place.

Première étape : faire partie des meilleurs *scorers* sur une des quatre chansons de la liste prédéfinie. Le hasard veut que je tombe sur *Like I Would* de Zayn Malik. Pas une des plus simples, mais je sais que je peux marquer des points et… *yes !* Je prends la première place du classement.

Avec trente et un autres participants, j'atteins donc la deuxième étape, devant un jury cette fois. Il est composé de Brahim Zaibat, célèbre breakdancer, Mehdi Kerkouche, jury de ma première Coupe du monde, et Hajiba Fahmy, une des danseuses de Beyoncé. Autant dire que c'est du lourd ! Il va falloir assurer. Nous pouvons choisir la chanson sur laquelle nous souhaitons concourir. Je suis face à un dilemme : si j'en prends une très technique, je risque de commettre des erreurs, mais si je pars sur une choré basique, ce serait un peu céder à la facilité. Mehdi m'a vue à mes débuts… il va juger mon évolution. Je ne peux pas me permettre de faire de faux pas !

J'opte finalement pour une des chorégraphies les plus difficiles, *Sorry* de Justin Bieber version extrême.

Le moment venu, je réalise – selon moi – une belle performance. Le public m'applaudit avec ferveur, renforçant mon impression. Mais quand le jury commence à débattre, il me met le doute.

— Dina, on te connaît, tu as gagné plusieurs fois le championnat français, explique Mehdi. Tu remets ton titre en jeu, c'est courageux.

Ah ! Si les autres jurés ignoraient qui j'étais, me voilà maintenant cataloguée.

— Tu as parfois manqué de précision. Mais, merci, c'est génial de te voir t'éclater comme ça, parce que c'est ça, l'esprit *Just Dance*, continue-t-il.

— Quand tu fais de la compétition et que tu as été premier, c'est dur de le rester. C'est souvent pour ça que les plus grands s'arrêtent au top, ajoute Hajiba.

Essaie-t-elle de me faire passer un message ? Je quitte la scène perplexe.

Nous devons patienter jusqu'à la fin de la journée pour obtenir le nom des nouveaux qualifiés. Quand le verdict tombe enfin, c'est la douche froide : je ne suis pas retenue. Trois autres personnes se sont démarquées, dont deux que je connais du Just Dance Club France : Antoine et Chana. Antoine a fait une belle performance en donnant tout sur Queen en mode « extraverti », tandis que Chana, elle, a séduit autant par le choix de son cosplay que par son attitude *bossy and sassy*[1] : elle a franchement assuré ! Quant au troisième, danseur professionnel, c'est la première fois que j'entends parler de lui. Il s'appelle Jordan. Je l'ai vu répéter comme un fou toute la journée pour apprendre les chorégraphies à vitesse grand V, comme s'il les découvrait tout juste. N'empêche, qu'est-ce qu'il est doué ! Il a réussi à épater le jury sur *Scream & Shout* version extrême de will.i.am et Britney Spears.

Je repars déçue, forcée de réaliser qu'il ne me reste plus qu'une chance sur les huit de départ d'accéder à la finale française. Elle se jouera comme l'année dernière, sur la scène de la Paris Games Week. Les commentaires du jury m'ont perturbée : j'ai la sensation de ne pas avoir été jugée uniquement sur ma performance... mais aussi sur qui je suis.

---

1. « *Bossy and sassy* » : en anglais, décrit une attitude de leader avec un côté impertinent.

Heureusement, *Just Dance* ne se limite pas à la World Cup. La vie continue, avec Andrei à mes côtés pour un mois entier ! Il prend son rôle très au sérieux, dans la sphère tant privée que professionnelle. Il commence par refaire mon poster de présentation et mes flyers dédiés aux dédicaces. Ça tombe bien, j'enchaîne justement sur Paris Manga, un événement où j'anime une scène *Just Dance* toute la journée, et des conventions aux quatre coins de la France. De Bordeaux à Marseille en passant par Carpentras, le public est chaque fois au rendez-vous. Quel plaisir ! Grâce à tous ces gens, je gagne en confiance et je vis ma passion à mille à l'heure.

La personne que j'aime s'investit à mes côtés, et je ne pouvais pas rêver mieux. Cependant, il y a encore des moments où le passé me hante. C'est plus fort que moi… On ne guérit pas de neuf ans de relation du jour au lendemain. Andrei le comprend. Un jour, je trouve cette citation qui va rester pendant longtemps mon fond d'écran de téléphone : « Parfois, nous avons besoin d'un peu d'obscurité pour apprendre à briller. » Être passée par les ténèbres m'aide à profiter des belles choses que la vie me donne aujourd'hui.

À commencer par l'amitié. Quand Alix, ma prof de zumba, m'appelle pour tourner une vidéo avec elle, je me sens tellement fière, cela me touche beaucoup. Elle m'encourage dans tous mes projets, comme un mentor. Une relation précieuse ! Puis Game One, la chaîne TV dédiée à la culture geek et aux jeux vidéo, m'invite pour parler de *Just Dance 2018*. On se retrouve à danser avec Kayane et les autres coanimateurs sur le plateau !

Les gens pensent de plus en plus à moi quand il s'agit de *Just Dance*. De là à dire que je deviens peu à peu l'ambassadrice du jeu, il n'y a qu'un pas et, même si ça n'a rien d'officiel, je suis comblée. Quel plaisir de récolter, enfin, les fruits de tout le travail que j'ai fourni ces dernières années !

Légère ombre à mon tableau idyllique, le public ignore encore que je me suis séparée de mon mari et je ne veux surtout pas qu'il découvre mon nouvel amour sans connaître le contexte. Il est temps que je m'exprime à ce sujet.

J'annonce ma séparation sur les réseaux sociaux avec ces mots, que j'ai longuement soupesés pour qu'ils soient le plus juste possible :

« Je n'ai pas choisi ce qui m'est arrivé (et, non, ma rupture n'a rien à voir avec *Just Dance*). Mais je peux choisir d'être qui je veux être, aujourd'hui. Ainsi, je choisis d'être une personne heureuse. Je choisis de sourire plutôt que de pleurer. Je choisis de profiter de chaque jour, et de voir la beauté même dans les petites choses. Je choisis de voir le verre à moitié plein. Bien sûr, je n'oublierai jamais ce qui m'a été fait. Mais je vais en sortir plus forte et grandie.

[...] Ce que je voulais vraiment vous dire, c'est que... si un jour vous rencontrez des difficultés, si vous vous sentez vraiment mal… n'abandonnez pas. Battez-vous. Combattez pour survivre et rester fidèle à qui vous êtes et à ce que vous croyez juste. Parfois, il est difficile de rester fidèle à soi-même. On n'arrive pas à voir le bout du tunnel. On peut être déçu par encore d'autres personnes. Mais… n'abandonnez pas vos valeurs. Nos valeurs et nos actions sont ce qui fait de nous ce que nous sommes. ».

Même si c'était une véritable épreuve de me dévoiler ainsi, la pluie de commentaires positifs que je reçois me réconforte dans l'idée que ma démarche était nécessaire. Je peux enfin vivre mon histoire avec Andrei au grand jour.

Octobre arrive et, vous connaissez la chanson… c'est la Paris Games Week !

En plus des sessions *Just Dance* que j'anime bénévolement sur la scène d'Ubisoft, je compte bien décrocher la dernière place en jeu pour la finale française ! Je passe des semaines à m'entraîner le soir après le travail, parfois jusqu'à après minuit – au grand dam de mon voisin ! C'est vraiment très dur, je prends sur moi. Heureusement, je ne suis pas seule : Andrei est à mes côtés, il me soutient en tout. Pendant mes séances, il note mes scores, me conseille, m'encourage. Il essaie même les chorégraphies pour moi. En bref : il s'investit à dix mille pour cent. Un amour !

Quand je débarque à la Paris Games Week, je suis prête à tout déchirer. J'accède directement à la demi-finale, car j'ai terminé cinquième au classement *online* quelques mois plus tôt (comme quoi, les efforts ne sont jamais vains !).

Je savoure le plaisir de remonter sur la fameuse scène où j'ai perdu l'année dernière contre Manu. Il faut le dire, je suis quand même stressée. C'est ma dernière chance. Si j'échoue… j'ose à peine y penser. Les matchs se jouent en « *Best of three* », seulement au score. Tout va se dérouler à la vitesse grand V, comme toujours.

En demi-finale, je gagne contre Adrien, ce qui me place en duel face à Chakib pour la finale. Je perds la première chanson, *Automaton* de Jamiroquai, à cause d'une stupide erreur de bras que je ne cesse de me reprocher. Sept points séparent nos deux scores. C'est comme si l'histoire se répétait ! La deuxième choré ne présage rien de bon : c'est une version extrême de Lady Gaga, mais pas celle où je suis la plus forte. Je l'emporte grâce à je ne sais quel miracle.

Un partout. Le troisième morceau va nous départager : *Diggy*, de Spencer Ludwig. Je suis déjà plus confiante sur celle-ci. La chorégraphie est simple, et assez facile à *scorer*. Pas le droit à l'erreur : il faut enchaîner les « *Perfect* ».

Dès le deuxième mouvement, Chakib fait un « *Super* », la nouvelle note entre « *Good* » et « *Perfect* ». *Allez ! Concentre-toi, Dina !* On passe le break… et je suis toujours devant. Je ne quitte plus l'écran du jeu du regard. Rien d'autre n'existe que *Just Dance* et moi. Au dernier mouvement, j'ai peur d'entendre le bruit de la couronne, comme un an auparavant. Mais quand la musique s'arrête… silence ! J'ai gagné.

Je ne peux retenir mes larmes. Le présentateur vient me voir et me tend le micro.

— Qu'est-ce que tu ressens à cet instant, Dina ?

— C'était une année difficile pour moi. Je suis très contente d'avoir gagné aujourd'hui.

J'ai soudain l'impression d'être libérée d'un poids énorme. S'il savait… ! Je reviens de loin. Je suis ravie que ma passion n'en soit pas affectée. *I'm back*[1]. À moi la finale !

Cette année, cette dernière se déroule sur le plateau de NRJ12. Le jury est le même que celui du Just Dance Day, à l'exception de Natoo, la YouTubeuse, qui remplace Hajiba Fahmy. Les règles ? Un point console, un point jury, et le vote du public dans la salle qui est de retour en cas d'égalité. Chaque match se joue sur une seule chanson.

Dans les coulisses, tout le monde s'affaire : maquilleuses, coiffeurs, stylistes… Chacun a son mot à dire. On va passer à la télé ! Je regarde tout ce petit monde s'agiter en attendant mon tour, quand soudain Brahim Zaibat, membre du jury, débarque.

1. « *I'm back* » : « je suis revenue », en anglais.

— Bonjour ! je lui lance.

— Salut ! fait-il sans me calculer, le regard inquisiteur, fouillant la pièce du regard. Alors, il est où, le gagnant ?

— On est tous là, je réponds innocemment.

— Non, je le vois, il est là-bas, réplique Brahim en se dirigeant vers Jordan.

Je reste sans voix. C'est une blague, ou quoi ? Je ne sais plus quoi penser. Et s'il disait vrai ? Si le gagnant était choisi à l'avance ? D'accord, ces deux-là sont proches, mais… pour moi, un jury se doit d'être impartial.

Je n'arrive pas à sortir ses mots de ma tête. À la pause déjeuner, quand l'équipe d'Ubisoft me demande si je suis motivée pour la compétition, je ne peux m'en empêcher : j'avoue que mon enthousiasme est un peu refroidi, vu la scène que je viens de vivre... Visiblement interloqués, ils tentent bien sûr de me rassurer en me disant que c'est impossible, que rien n'est joué d'avance. Brahim a simplement dû être maladroit. N'empêche, je me sens toujours mi-figue mi-raisin.

Mais plus le temps de tergiverser, il est l'heure de monter sur scène ! L'esprit ailleurs, je remporte quand même mon quart de finale contre Aerryne. Je me retrouve en demi-finale face à mon ami Manu. Notre match, c'est le *Clásico*[1] ! La chanson tirée au sort est

1. « *Clásico* » : à l'origine, terme qui désigne les matchs de football opposant les deux équipes les plus célèbres d'Espagne,

Another One Bites The Dust de Queen. La chorégraphie inclut un grand écart en l'air. Fun ! Je passe un moment hyper sympa… même si je ne gagne pas. Pour moi, la compétition s'arrête là. Pas de petite finale pour savoir qui serait troisième, format télé oblige.

Comme je le confie aux caméras de Disney qui me suivent, je reviens de loin. J'ai vécu une année compliquée, je me suis battue comme une lionne pour retourner sur scène… Je n'aurais pas pu donner plus, alors, non, je ne suis pas déçue.

La finale arrive, et je la regarde avec attention depuis les coulisses. Manu et Jordan sont au coude à coude. Les deux s'affrontent sur la version extrême de *Despacito*, et leur niveau technique est démentiel. C'est beau à voir ! Jordan est un excellent concurrent, on ne peut pas le nier, mais il n'a rien d'un passionné du jeu. À côté de lui, je vois que Manu veut décrocher la victoire coûte que coûte. Il a fait des progrès remarquables en danse depuis qu'il a rejoint une école spécialisée. La précision associée à la passion… Pour moi, c'est lui qui doit gagner ! Ça tombe bien, la console lui donne le point. Mais le jury n'est pas du même avis et accorde son vote à Jordan. Le sort des deux danseurs repose maintenant entre les mains du public présent… Suspense ! Sur

---

le Real Madrid et le FC Barcelone. Avec le temps, l'expression a été importée en France et exprime l'idée d'une rencontre traditionnelle entre deux grands champions.

l'écran, je m'attends à voir apparaître le nom de Manu : la salle est remplie pour moitié de gens de notre communauté ! Et pourtant…

Quand le nom de Jordan s'affiche, dans ma tête, tout se bouscule. La fameuse phrase de Brahim me revient. Hasard ou coïncidence ? Je ne le saurai jamais.

Bien sûr, Jordan est un excellent danseur, on ne peut pas le nier. Mais cette finale va ébranler ma vision de la compétition. Pour moi, le champion de France (ou du monde) doit être un passionné du jeu, pas seulement de la danse. Nous sommes des joueurs avant tout. Quelle logique y a-t-il dans le fait que quelqu'un qui n'a ni console ni le jeu *Just Dance* chez lui se retrouve champion ?

Kimberly Wyatt, ex-Pussycat Doll et juge de la finale mondiale qui se tiendra quelques mois plus tard, résumera très bien ma pensée en interrogeant le public : « Entre le danseur professionnel, qui possède le talent et la technique, et le danseur qui a appris chez lui sur *Just Dance* et qui a l'amour et la passion du jeu… qui mérite le titre ? »

La réponse est simple… et la jury de la World Cup saura la donner : Umutcan sera sacré une deuxième fois champion du monde de *Just Dance*. Jordan, qui aura assuré jusqu'au bout, et ce, même au niveau international, terminera sur la deuxième marche du podium.

Le meilleur moyen d'être satisfait est souvent de faire les choses par soi-même. Quelques mois plus tard, j'organise donc un de mes premiers tournois *Just Dance* à Avignon ! Cette fois, c'est moi qui établis les règles. Je choisis la playlist avec une équipe de choc, dont mon ami Hugo. Être du côté de l'organisation et de la présentation, c'est nouveau et différent, mais j'apprécie. Je peux profiter du moment sans la pression de la compétition, et faire en sorte que les joueurs soient contents. Les gagnants de mon tournoi repartent avec un chèque. Seul critère : le score. Même si la console n'est qu'une machine incapable de voir les émotions, au moins, les participants savent exactement pourquoi ils ont gagné ou perdu !

L'année 2018 marque le début d'une nouvelle vie pour Andrei et moi. Je rencontre sa mère en Roumanie et lui, mes parents. Les choses deviennent sérieuses, on s'aime toujours aussi fort. On est là l'un pour l'autre, plus que jamais à fond… alors, habiter loin n'est plus possible. Il décide d'abandonner ses études d'ingénieur électronique – bien que j'aie essayé de l'en dissuader – et quitte son pays pour venir s'installer avec moi… Quelle preuve d'amour ! En existe-t-il une plus belle ? En tout cas, pas pour moi. Je supportais mal les séparations et la distance. C'est un vrai soulagement.

Son emménagement nous permet d'être enfin un couple « à plein temps », et nous commençons à travailler ensemble régulièrement. J'adore faire des vidéos, il prend plaisir à faire du montage. J'aime danser et animer, il a les compétences techniques pour gérer une régie. Nous formons une équipe complémentaire.

J'ai toujours entendu que c'était dangereux de mélanger vie privée et vie professionnelle. Mais, moi, je ne pouvais pas rêver mieux. Je peux tout partager avec lui, tout le temps. Le destin a mis mon homme idéal sur ma route, à l'autre bout du monde. Et encore une fois, je le dois à mon jeu préféré.

Notre première vraie collaboration ? Le tournage et la réalisation de la vidéo sur *The Way I Are* de Bebe Rexha. Eh oui ! Quand j'ai une idée en tête, je ne lâche rien. C'est un projet ambitieux, parce qu'on doit faire appel à trois autres danseurs de ma communauté (le quatrième n'étant autre que… Andrei lui-même !), louer un costume de panda, et surtout tourner sur la place de la Concorde en plein mois de février. Il fait -2 °C ! Pas évident, mais cela en vaut la peine. Je suis tellement fière du résultat ! La vidéo fait plus de deux cent mille vues en quelques semaines.

Une fois lancés, rien ne peut nous arrêter. Andrei me pousse à faire vivre davantage ma chaîne YouTube. Avec lui à mes côtés, j'ai une énergie folle. On multiplie les tournages, et on crée un nouveau format de vidéos « réaction » : des séquences où je me filme en train de découvrir les nouveautés et chorégraphies à venir sur *Just Dance.*

Grâce à lui, je commence aussi mes premiers *streams*[1] sur ma chaîne Twitch. Les gens sont de plus en plus nombreux au rendez-vous. Ils s'autoproclament les « Dinasaurs[2] » et me montrent chaque semaine leur soutien par leur présence et leur générosité.

Certains vont même jusqu'à nous donner un sacré coup de pouce dans l'achat de matériel spécialisé. Lumières, microphones, caméras… nous voilà équipés comme des pros.

Puisque je voyage pour des événements à travers la France quasiment tous les week-ends, je suis amenée à retourner à Tours. Deux ans se sont écoulés depuis que j'ai « bousculé » Justine, la jeune femme qui n'osait plus danser.

Ce jour-là, je suis en pleine animation. Je scrute la foule pour savoir qui seront les prochains à monter sur scène, quand soudain… *son visage*. Je la reconnais immédiatement. Et le plus surprenant, c'est qu'elle est en train de lever la main ! Je l'appelle et, tout de suite, je me confonds en excuses. Je suis tellement désolée de lui avoir fait de la peine en la forçant à danser la dernière

---

1. Pendant un *stream*, une séquence vidéo filmée en direct, les « spectateurs » peuvent interagir entre eux et avec le *streamer* grâce à un système de messagerie instantanée.

2. Pourquoi les « Dinasaurs » ? Tout simplement parce que mon chihuahua porte le prénom du célèbre personnage d'un dessin animé de mon enfance : *Denver, le dernier dinosaure*.

fois… ! Elle me rassure aussitôt : si elle a pleuré il y a deux ans, c'est surtout parce que c'était trop d'émotions pour elle. En fait, elle voudrait me remercier ; se tenir face à tous ces gens lui a fait l'effet d'un électrochoc. Depuis, elle s'est remise à danser ! Mon cœur se gonfle de bonheur. Moi qui, pendant tout ce temps, pensais avoir failli à ma mission… Finalement, j'ai réussi ! Nous nous déchaînons sur *It's Raining Men* comme jamais : Justine s'éclate, elle chante, elle sourit. Elle n'est plus la même. À la fin, elle veut même poursuivre avec un second morceau !

Cet épisode marquant ancre encore plus profond en moi cette certitude : je suis née pour inspirer du bonheur aux gens et les faire danser !

Quand on a un vrai objectif… il est tenace. Le mien est toujours d'actualité : devenir championne du monde de *Just Dance* !

Quand les premières sessions de qualification de la Just Dance World Cup 2018 commencent, je suis à New York. Ce voyage, c'était l'un des rêves d'Andrei. De mon côté, j'en profite pour assister à la nouvelle tournée de Britney, le *Piece Of Me Tour*. Elle est et restera ma *number one*, quoi qu'il arrive !

Entre deux concerts, je m'entraîne dans notre chambre d'hôtel. Je ne lâche rien : je veux ma revanche et la première place du classement français. Je vais mieux et je compte bien le montrer. Pour couronner le tout,

Ubisoft a annoncé que la finale internationale se tiendra au Brésil ! Me voilà doublement motivée.

Mon carnet de scores redevient mon compagnon. De retour en France, les jours passent et me font monter dans le classement. Après trois semaines, je suis deuxième. Suffisant ? Pas pour moi. Je continue l'entraînement avec acharnement, tous les jours. La semaine suivante, enfin... je prends la tête ! Je réussis à la garder jusqu'à la fin des qualifications. Cerise sur le gâteau, en parcourant les classements mondiaux, je découvre que je suis la meilleure joueuse sur Nintendo Switch, top 9 monde toutes consoles confondues, et première femme ! Je serai donc à la finale française. J'ai déjà ma revanche... reste à assurer la suite dans quelques mois.

Je suis tellement impliquée dans *Just Dance* que mon travail à l'institut me pèse de plus en plus. Vingt-quatre heures dans une journée, ce n'est pas assez pour réaliser tous les projets que j'ai en tête – en plus d'un « job normal ».

Mais quitter ce poste, ce serait risqué. Pour alléger ma frustration, à côté, j'accepte tout ce qui touche à ma passion de près ou de loin. Je retourne sur LeStream pour participer à une soirée spéciale « *Just Dance*/La Musique », je donne même mon accord pour faire une animation de danse sur le stand *Fortnite* de la Paris Games Week. Je vais devoir créer le show de A à Z sur un jeu que je connais peu, mais c'est challengeant, alors je n'hésite pas ! Et un défi en appelant un autre, quelques jours avant l'événement, on me propose d'organiser et d'animer une tentative de record du monde pour le *Guinness Book*. C'est du délire. Je suis excitée… et tout aussi stressée !

Tout vient à moi à ce détail près que, cette année encore, Ubisoft ne m'a pas choisie pour être animatrice *Just Dance* sur leur scène. Ce n'est pourtant pas faute d'avoir candidaté… Je suis déçue mais, cette fois, pas question d'offrir mes services gratuitement. Je passe la Paris Games Week sur le stand de *Fortnite*. Faire danser un nouveau public est un vrai défi. Mais je le relève, et nous l'obtenons, notre Guinness World Record du « plus grand nombre de participants à une *routine* d'*emotes*[1] de jeux vidéo » ! Un souvenir épique.

À force de courir partout, je finis par tomber malade. Je commence à avoir de la fièvre et des frissons lors d'une animation *Just Dance* à Marseille. Moi qui ai toujours une santé de fer… le timing ne pouvait pas être pire ! J'ai posé des jours de congé pour m'entraîner dès mon retour à Paris, la finale française ayant lieu le week-end suivant… Malheureusement, le lundi, je n'ai plus aucune force. Verdict du médecin : trachéite. Je suis alitée pendant trois jours entiers. Comment je vais faire ? Le nouveau jeu est sorti récemment et je n'ai pas eu le

1. « *Routine* » : signifie « chorégraphie », en anglais. Les *emotes* sont des séquences de danse courtes apparaissant dans un jeu vidéo.

temps d'apprendre toutes les chorégraphies en version extrême. Je me mets une pression de dingue. Le quatrième jour, j'essaie de me relever pour danser chaque fois que c'est possible – ce n'est pas une grande réussite. Si ça continue, je vais complètement rater ma finale.

Le week-end arrivé, même si je ne suis pas totalement remise, je pars déterminée à tout donner, comme d'habitude. Bien sûr, avant de me lancer dans la compétition, je me suis assurée que les règles correspondent toujours à mes valeurs et à mes envies. Cette année, pour remporter le titre de champion de France, un élément a changé : en cas d'égalité, ce n'est pas le public qui départagera les joueurs... mais le fait d'avoir « le mieux collé au jeu ». Une règle qui privilégie la ressemblance au jeu ? J'approuve !

Après un quart de finale où j'affronte de nouveau Aerryne, la demi-finale m'oppose à Caitlin. Chacune de nous remporte une chanson. Sur la troisième, nous nous retrouvons à égalité : la console me donne un point, un juré vote pour moi et les deux autres, pour Caitlin, ce qui fait deux partout. Nous allons tester le nouveau critère ! Pendant que les juges discutent entre eux, Caitlin me confie qu'elle ne connaissait pas bien la chorégraphie que nous venons de faire parce qu'elle ne l'avait pas vraiment travaillée. Elle pense donc que je vais gagner. Mais les délibérations s'éternisent.

Les mots que le jury a prononcés un peu plus tôt durant la compétition me trottent dans la tête :

— Dina, tu es une bête du jeu, mais j'aimerais te voir plus dans le ressenti. Sois moins concentrée sur l'objectif.

— Tu connais tellement les *maps* que tu les prépares à l'avance en termes d'interprétation. J'aimerais te voir *toi*, moins les coachs.

Comment c'est possible ? On me reproche d'être trop proche du jeu. Évidemment, j'ai répété les chansons encore et encore. Je connais l'histoire qu'elles racontent. Mais n'est-ce pas là le but de cette compétition, reproduire le jeu en tout point ? Je ne comprends pas.

Mon nom finit par sortir. Je vais en finale, mais à aucun moment le jury ne cite l'unique règle de départage en cas d'égalité, à savoir : « qui a le mieux collé au jeu ». Cela me laisse dubitative.

Ce qui est bien, avec Ubisoft, c'est qu'on peut échanger en toute liberté. Je leur en parlerai quelques jours plus tard : ils m'assureront que la règle était bien connue par le jury et s'étonneront qu'elle n'ait effectivement pas été citée.

J'arrive à la finale sur les rotules. Épuisée, je cherche dans la salle de quoi manger pour me rebooster, mais il n'y a plus rien. Je picore à droite et à gauche ce que des connaissances à moi dans le public me donnent, et je remonte sur scène. Je puise dans mes dernières forces pour chacune des chansons. J'ai les jambes qui tremblent, mal à la tête, c'est comme si j'étais là sans y être. Je parviens quand même à gagner au score le premier morceau, *Mad Love* version extrême. Malheureusement, le jury choisit à l'unanimité mon concurrent, Chakib. Quand le deuxième morceau est lancé, je découvre avec stupeur qu'il s'agit d'une autre chanson « extrême ». Je manque de m'évanouir. Je danse avec difficulté, dans l'effort. Sans surprise, mon adversaire gagne le point de la console, puis le jury se concerte et après quelques secondes de délibération... ils nous libèrent de la pression en sacrant Chakib champion. Pour moi, c'est fini.

Au moment de la remise des prix, je ne suis déjà plus là. Je sais que Chakib s'est beaucoup entraîné, qu'il s'est donné à fond et qu'il méritait de gagner. Je termine vice-championne de France, une très belle place. Vu mon état, je suis contente de moi et fière d'être restée fidèle à ma vision de la compétition : c'est tout ce qui compte. Je prends mon chèque (le tout premier *cash prize*[1] de ma vie !) et fais une croix sur le Brésil... mais pas sur mon rêve !

Un jour, je serai la première fille championne du monde de *Just Dance*, quoi qu'il en coûte. Enfin... cela dépendra aussi des règles des futures compétitions !

Comme chaque fois que je quitte la scène, je sais que c'est pour la retrouver sur des conventions. Je fais de plus en plus d'animations, qui sont de plus en plus populaires. L'espoir de pouvoir faire de ma passion

1. « *Cash prize* » : terme anglais désignant les récompenses monétaires dans le monde de l'e-sport.

une carrière est palpable. Et avec Andrei qui me soutient, j'y crois à fond ! Être positif attire le positif, j'en suis persuadée.

Début 2019, je suis embauchée chez LeStream pour animer régulièrement des émissions. Cela me permet de passer à mi-temps à l'institut. Ouf ! Sur YouTube, on accélère, Andrei et moi, afin de produire de nouvelles vidéos encore plus qualitatives, comme *Mi Mi Mi* de Hit The Electro Beat. Dans le montage final, on entrecoupe les parties dansantes de mini-sketchs drôles. Ça fait un tabac et la vidéo dépasse le million de vues en moins de deux semaines[1] !

Pour promouvoir les dix ans de *Just Dance*, Ubisoft organise une grande tournée *Just Dance Party* dans des centres commerciaux à travers l'Europe. Cette fois, je suis recrutée comme animatrice sur recommandation de la marque. Une belle preuve de confiance ! Aussi, les équipes pensent à moi et à deux de mes amis Just Dancers et grands YouTubeurs pour tourner des vidéos dans Paris... qui seront diffusées à l'E3 ! Mais la vraie consécration, pour moi, c'est la Paris Games Week 2019. On me confie l'animation de la Just Dance French Cup, un tournoi franco-français, car il n'y a pas de Coupe du monde cette année. Mais surtout, le plus important : Ubisoft France me choisit enfin pour être leur

1. Plus de dix-huit millions de vues à l'été 2021. Et ce n'est sans doute pas fini !

seule et unique animatrice *Just Dance* durant tout l'événement. Je me suis forgé une expérience sur les routes de France depuis trois ans et, aujourd'hui, j'accède au Graal : présenter mon jeu préféré sur l'espace même de son développeur ! Pendant cinq jours, je fais danser des centaines de personnes sur une scène de douze mètres de long. J'ai une liberté totale sur chacun de mes shows. On fête l'anniversaire de *Just Dance* sur scène avec un gâteau géant en recréant dix des chorégraphies iconiques du jeu. J'ai du mal à retenir mes larmes tellement je suis émue. Ce sentiment d'accomplissement est incroyable. Et dire que tout a commencé avec une simple annonce sur Facebook ! J'ai travaillé dur, mais ça a payé. Je vis un rêve éveillé.

Je continue de courir partout du matin au soir. Je sais bien que ce n'est pas une vie, mais que voulez-vous ? C'est la mienne. Celle que j'ai choisie… et qui m'a choisie. Je n'ai plus de week-end, je travaille sept jours sur sept. Je suis fatiguée, pourtant ma passion prend le pas sur tout.

J'ai vraiment peur de quitter mon travail. Toutefois, un événement va précipiter les choses. J'apprends que l'institut déménage bientôt à Aubervilliers. Mon temps de trajet va doubler ! *Réfléchis bien, Dina.* Partager son temps, c'est partager son esprit : je suis « à moitié » sur tout. Je ne peux être à fond sur rien. Je ne vais pas tenir comme cela longtemps.

J'en parle à Andrei, qui est mon électrochoc.

— Tu vas y arriver ! Même si on doit manger des pâtes tous les jours, je serai avec toi. Tes proches, ta communauté... ils te soutiendront aussi. Je crois en toi. Il est temps que tu te lances. Si tu ne le fais pas maintenant, quand est-ce que tu le feras ?

Comme d'habitude, il croit plus en moi que moi-même. Mais s'est-il déjà trompé ?

Ubisoft me fait confiance. Ma communauté est là. Les événements se multiplient. Ma chaîne YouTube vient de dépasser les cent mille abonnés. Andrei a raison... il est temps !

Je dépose ma lettre de démission auprès de l'institut. Moment tant attendu... mais aussi tant redouté. Grâce à mon statut de fonctionnaire, j'ai la possibilité, dans un premier temps, de faire une pause de deux ans. Histoire de me laisser l'opportunité de revenir, si jamais... Non ! Je ne préfère pas y penser.

Le jour où ma liberté est enfin « officielle », je fais ce que je m'étais promis depuis le début de cette aventure : je me teins les cheveux en rose ! Comme la couleur dans laquelle je choisis de voir la vie. Quand les temps sont durs, je me regarde dans le miroir et je me rappelle ce sentiment incroyable que j'ai eu le jour où j'ai réalisé mon premier rêve, celui de rencontrer Britney : si j'ai réussi ça, je peux tout faire.

Aujourd'hui, je ne changerais mon quotidien pour rien au monde. Je me lève chaque jour en me disant que j'ai une chance inouïe : je fais ce que j'aime et j'ai la liberté de créer, comme une artiste. J'ai des projets plein la tête. Je vis, je mange et je dors *Just Dance*, que demander de plus ?

Quelques abonnés supplémentaires, peut-être. Le mérite, en 2021, se mesure en chiffres. Les réseaux sociaux sont ainsi faits : tu as de la valeur suivant ton nombre de vues et d'abonnés…

Cependant, je suis déjà fière de ma communauté et de mes activités. Animer, sur scène ou en ligne, me permet de ressentir la joie des gens, de les faire danser. Je partage ma passion sans chercher à gagner des compétitions à tout prix. Et quand je reçois des messages de personnes m'avouant que je leur apporte du bonheur ou que je les ai incitées à danser à nouveau… je suis au firmament.

Bien sûr, je garde en moi l'espoir d'être un jour n° 1 mondiale de *Just Dance*… et de chanter pour de vrai… pas seulement en play-back ! Qui sait ce que l'avenir me réserve ?

Je n'oublie pas que l'important, au fond, c'est que je sois heureuse avec Andrei. Il est mon pilier. J'espère un jour que nous fonderons une famille tout en réussissant à conserver notre équilibre entre vie personnelle et vie professionnelle.

Quand j'ai découvert pour la première fois le jeu *Just Dance*, dans une petite boutique de la ville de mes parents, j'étais loin de me douter qu'il allait changer ma vie. Y mettre de la couleur, du pep's, de la joie… et surtout tant d'amour ! Un beau pied de nez à tous ceux qui croient encore que les jeux vidéo abrutissent les jeunes ou les rendent violents… *Just Dance* m'a ouvert au monde, et c'est grâce à lui que je suis devenue celle que je suis.

Je souhaite te dédier ce dernier paragraphe, toi qui es arrivé jusqu'ici. Il faut que tu saches : tout est possible. Quel que soit ton âge, ne lâche rien. Souviens-toi : quand tu veux vraiment quelque chose, travaille pour y parvenir. Je n'ai jamais gagné la Just Dance World Cup, et pourtant… je fais partie des rares personnes qui vivent de leur passion. Alors, crois toujours en tes rêves… Car parfois, la réalité va au-delà.

Flashe ce QR code avec ton téléphone pour découvrir mon gameplay *sur* Mi Mi Mi, *à ce jour la vidéo la plus vue de ma chaîne YouTube.*

Et si tu souhaites en découvrir davantage, cette playlist YouTube est faite pour toi. Elle comprend toutes les vidéos et tous les événements mentionnés dans le livre :

REMERCIEMENTS

Je n'aurais jamais pensé un jour avoir l'opportunité de partager mon histoire dans un livre. Et quelle aventure ça a été !

Tout d'abord, un énorme merci à l'ensemble des équipes de ma maison d'édition, Pocket Jeunesse. Tout particulièrement, merci à Natacha Derevitsky, ma directrice éditoriale, ainsi qu'à Aloïs Duneau-Délis, mon éditrice & coordinatrice. Vous avez cru en ce projet avant que j'y croie moi-même. Je me souviendrai toute ma vie de notre première rencontre dans vos locaux de la place d'Italie, et de ces émotions que l'on a eu du mal à contenir. Malgré les difficultés, ensemble, nous n'avons jamais lâché le morceau. Ce livre, c'est aussi le vôtre.

Merci à Grégoire Hellot de Kurokawa d'avoir eu l'idée de nous mettre en contact, et merci à Jonathan Bendel d'Ubisoft d'avoir couru à travers toute la Paris Games Week pour que cette rencontre se fasse !

Merci à Stella Delmas d'avoir capturé mon essence et de m'avoir aidé à retranscrire mon histoire avec des mots. Toutes ces heures passées à échanger (et tous ces *high five* !) resteront un souvenir unique. Merci pour ta bienveillance et ton ouverture d'esprit. Je n'avais jamais eu à m'ouvrir autant et si rapidement à une « inconnue », mais je crois que nos énergies étaient faites pour se rencontrer.

Merci à Vanessa Canavesi et ses doigts de fée pour avoir retravaillé et peaufiné le texte jusqu'à le rendre exactement comme je le rêvais. J'espère un jour te rencontrer pour te serrer dans mes bras et te montrer ma gratitude.

Merci à toutes les équipes d'Ubisoft France qui ont soutenu ce projet, et avec qui j'ai pu interagir par le passé et jusqu'à aujourd'hui. La confiance que vous me témoignez est précieuse, et je vous en suis extrêmement reconnaissante. Une pensée toute particulière à Camille Sedano, qui a fait en sorte d'officialiser pour la première fois le statut d'ambassadrice *Just Dance* dont je rêvais tant.

Merci, bien sûr, à toutes celles et ceux qui développent et font vivre le jeu qui a changé ma vie par tant d'aspects, *Just Dance*. Votre créativité m'émerveillera toujours et, même si cela fait déjà douze ans que la série *Just Dance* existe, j'espère qu'elle ne mourra jamais. Vous savez tout comme moi que *Just Dance* est bien plus qu'un jeu et j'espère, avec ce livre, vous inspirer à mon tour : ne doutez jamais de l'importance de votre mission.

Évidemment, je souhaiterais remercier mes parents. Maman, Papa, merci pour votre amour inconditionnel. Même quand mes rêves ou mes projets pouvaient vous paraître fous ou irréalistes, vous m'avez toujours soutenue et vous m'avez montré la voie. Vous êtes et resterez toujours mes modèles. Je vous aime.

Merci aussi à mon frère, ma belle-sœur, mes grands-parents ainsi qu'à toute ma famille (si si). Je suis si fière de nous voir toujours unis. Vous êtes incroyables et je ne serais pas la même sans vous.

Andrei, merci à toi d'être entré dans ma vie au moment où je ne t'attendais plus, mais où j'en avais le plus besoin. Sans toi, ce livre n'aurait pas de *happy ending*. Chaque jour, je me pince pour réaliser la chance que j'ai de t'avoir à mes côtés. Merci d'être le plus tendre des amoureux, l'épaule la plus forte, le partenaire le plus engagé et le meilleur ami que je n'ai jamais eu. Ton amour inébranlable me permet d'être la meilleure version de moi. *You're my soulmate. I love you.*

Merci à Hugo, Marie-Laure, Manou et Léa de m'avoir aidée à ne jamais abandonner ce projet. Vous êtes des personnes en or. À tous mes autres amis : nous nous sommes connus grâce à Britney, l'INED, *Just Dance* ou LeStream, et je suis heureuse de vous compter dans ma vie. Merci pour tous les souvenirs déjà créés ensemble, et ceux à venir.

Le plus grand MERCI à tous mes Dinasaurs, le Just Dance Club France et toute ma communauté. Que ce soit sur les réseaux sociaux ou *via* nos rencontres « *IRL*[1] », le soutien que vous m'apportez est ce qui me pousse au quotidien à aller toujours plus loin. Quand je vous dis que vos « *likes* » ou vos « *follows* » ont plus d'importance que vous ne le pensez… Regardez, vous l'avez aujourd'hui dans les mains, ce projet secret que je vous ai tant *teasé*. Et c'est grâce à vous. Merci pour tout votre amour.

Et enfin à toi, chère lectrice, cher lecteur. Merci d'avoir pris de ton temps pour découvrir mon message et arriver jusqu'ici. J'espère t'avoir donné envie de danser. Maintenant, rends-moi service : pose ce livre, et va poursuivre tes rêves.

1. « *IRL* » : « *In Real Life* », expression anglaise signifiant : « dans la vraie vie ».